成长文库
·世界儿童文学经典·

彼得·潘

·拼音美绘本·

[英]巴里 原著

金莉莉 改写

北京出版社 出版集团

北京少年儿童出版社

图书在版编目（CIP）数据

彼得·潘／〔英〕巴里原著；金莉莉改写. —2 版. —北京：北京少年儿童出版社，2007. 11

（成长文库. 世界儿童文学经典：拼音美绘本）

ISBN 978 – 7 – 5301 – 0856 – 7

Ⅰ. 彼…　Ⅱ. ①巴…②金…　Ⅲ. 汉语拼音—儿童读物

Ⅳ. H125. 4

中国版本图书馆 CIP 数据核字（2007）第 158813 号

成长文库
世界儿童文学经典（拼音美绘本）
彼得·潘
BIDE PAN
〔英〕巴里　原著
金莉莉　改写
*
北京出版社出版集团
北京少年儿童出版社　出版
（北京北三环中路 6 号）
邮政编码：100011
网　址：www. bph. com. cn
北京出版社出版集团总发行
新 华 书 店 经 销
北 京 四 季 青 印 刷 厂 印 刷
*
787×1092　16 开本　10 印张　35 千字
2008 年 1 月第 2 版　2008 年 1 月第 1 次印刷
印数 1—20 000
ISBN 978 – 7 – 5301 – 0856 – 7/Ⅰ·333
定价：14. 90 元
质量投诉电话：010 – 58572393

序

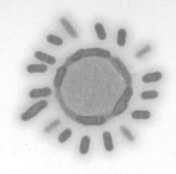

一本好书，就是一轮太阳

曹文轩

　　世界上的经典作品，都是沉甸甸的，它们是经过岁月磨砺而沉淀下来的作品，是经过时间检验而存留下来的作品。大浪淘沙，河水滔滔，留下来的就是闪闪发光的金子。当我们面对这个世界的书山书海，当我们走进眼花缭乱而又令人喘不过气来的书店的时候，我们会有一点迷茫，会有一点忧伤。我们也许会有一点点惊讶：这个世界的书真是太多太多了。但当我们冷静下来的时候，另一个声音会告诉我们：这个世界的好书的确是太少太少了。

　　任何一个没有阅读经验的人，都不会懂得多与少的辩证关系。任何一个没有鉴赏能力的人，都不会懂得该如何去选择最好的书。但一个基本的常识会帮助我们按图索骥，去寻找到我们所需要的和最好的书籍。那就是去阅读经典。这是最可靠的最实用的阅读经验。而经验，则是一代一代人智慧和心血的结晶。这些质地高贵的经典，传承的就是我们人类宝贵的经验。

　　一个良好的阅读习惯，会让人终身受益。但我们必须承认读书人与不读书人就是不一样，这从气质上便可看出。读书人的气质是读书人的气质，这气质是由连绵不断的阅读潜移默化成就的。有些人，就造物主创造了他们这些毛坯而言，是毫无魅力的，甚至是丑的，然而，读书生涯居然使他们获得了新生。依然还是从前的身材与面孔，却有了一种比身材、面孔贵重得多的叫"气质"的东西。读书不仅可以培养人良好的气质，而且也能让人长精神。一个人活在这个世界上，靠的就是精、气、神的支撑。而那些好书就是源源不断提供精、气、神营养的所在。

　　读书是我们生命中不可或缺的令人心旷神怡的部分。我们在书的世界中流连，在书的世界中陶醉，在书的世界中静听自己生长的拔节声。书还给了我们抚慰，给了我们安宁。我们在与书的对话中释放了学习压力、生活压力所带来的忧郁与苦闷。书成了我们的良师益友，成了可以与之窃窃私语的知音。在阅读中，我们获得了更多关于这个世界的精义、神髓与真谛。

　　一本好书，就是一轮太阳。一千本好书，就是一千轮太阳。灿烂千阳，会照亮我们前进的方向，也会让这个世界所有的秘密在我们面前一览无余地展开。

目录

MULU

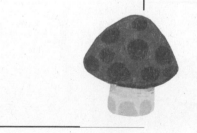

wēn dí de jiā
温迪的家

suǒ yǒu de hái zi dōu huì zhǎng dà de　　zhǐ yǒu yí ge lì wài　　nà jiù shì bǐ
所有的孩子都会长大的，只有一个例外，那就是彼

dé　pān
得·潘。

měi ge hái zi dōu rèn shi bǐ dé　　ér dà rén men què yì diǎnr
每个孩子都认识彼得，而大人们却一点儿也不知道。

dá lín tài tai yǒu yì nǎo zi qí miào de huàn xiǎng　suǒ yǐ kě yǐ ǒu ěr màn bù zài hái
达林太太有一脑子奇妙的幻想，所以可以偶尔漫步在孩

zi men de xīn li　　nà lǐ yǒu hǎo duō dōng xi tā dōu bù néng lǐ jiě　zuì jiào tā zuó
子们的心里，那里有好多东西她都不能理解，最叫她琢

mo de　　jiù shì bǐ dé zhè ge míng zi　　tā de sān ge hái zi　yuē hàn màì kè hé
磨的，就是彼得这个名字。她的三个孩子，约翰、迈克和

nǚ ér wēn dí de xīn li　　dào chù dōu tú
女儿温迪的心里，到处都涂

mǎn le zhè ge míng zi　　qí guài
满了这个名字。奇怪

a　　bǐ dé　　tā dào dǐ shì shéi
啊，彼得，他到底是谁

ne
呢？

wēn dí zài zhēn zhèng jiàn dào
温迪在真正见到

bǐ dé yǐ qián　zhù zài mén pái shì
彼得以前，住在门牌是

shí sì hào zhái zi li　jiā li hěn
十四号宅子里，家里很

1

qióng wēn dí hé liǎng ge dì di chū shēng shí bà ba duì tā men jí jiāng xū yào de huā
穷。温迪和两个弟弟出生时，爸爸对他们即将需要的花

fèi suàn le hěn jiǔ ér mā ma zǒng shì dài zhe yāng gào de shénqíng zěn me yàng yě yào
费算了很久，而妈妈总是带着央告的神情，怎么样也要

mào yi mào xiǎn bǎ tā menyǎng dà xiàn zài jiě dì sā rén bù jǐn kuài kuài lè lè de
冒一冒险把他们养大。现在，姐弟仨人不仅快快乐乐地

shàng yòu ér yuán ér qiě hái yǒu bǎo mǔ péi bàn yì zhī yán sù zhuāng zhòng de
上幼儿园，而且还有保姆陪伴——一只严肃庄重的

niǔ fēn lán dà gǒu míng jiào nà na
纽芬兰大狗，名叫娜娜。

shuō dào nà na zài méi yǒu bǐ tā gèng cōng míng gèng fù zé de
说到娜娜，再没有比她更聪明、更负责的

gǒu le yè li bù guǎn shén me shí hou hái zi men zhǐ yào yì yǒu
狗了。夜里不管什么时候，孩子们只要一有

dòng jing tā jiù yí yuè ér qǐ tàn wàng jiū jìng yuē hàn tī zú qiú de
动静，她就一跃而起探望究竟。约翰踢足球的

shí hou tā cóng bú wàng dài zhe tā de róng yī tiān yào xià yǔ de shí
时候，她从不忘带着他的绒衣；天要下雨的时

候，她嘴里总是衔着雨伞。虽然幼儿园其他孩子的保姆根本不把娜娜放在眼里，她依然认真地照看着孩子们。达林太太十分放心。

就这样，温迪家的孩子和父母，外加娜娜和一个小女佣，过着快乐而温馨的生活，直到彼得·潘出现。

达林太太知道彼得，是在清理孩子们心思的时候。

很多妈妈晚上都有一个习惯，就是等孩子们睡着以后来整理他们的心思，使白天弄乱了的心思都归还原位，为他们第二天又能快乐有序地生活做准备。妈妈们 整

3

理心思时有趣极了，就像整理抽屉一样。一件一件的心思，哪些该怎样放，哪些要偷偷藏起不让人发现，她们太有数了。有时孩子揣着一些顽皮念头和坏脾气进入梦乡，但清早一醒，那些奇奇怪怪的东西早已被压在了心思的底层，而上面，平平整整摆着太多美好的念头等着自己去打理享用。达林太太就在整理时看到了彼得的名字。

"彼得是谁呀，宝贝？"妈妈第二天早上问道。

"彼得·潘呀，你知道的，妈妈。"温迪坚持说道。

"怎么会呢？真的有彼得这个人吗？就算有，他也应该长大了呀！"

"他不会长大的，他和我现在一样大。"温迪非常确定自己的看法。

在达林太太发现孩子们心中的彼得以前，也曾有很多调皮奇怪的事发生在温迪他们身上，她都不以为然，认为只是孩子们一些小小的恶作剧罢了。但自从那一次问过温迪以后，奇怪的事就更多了。比如有一天早上，在孩子们房间里发现一些树叶，而头天晚上还明明没有的。

"怎么回事？昨天我都打扫检查过的呀！"

"没事，妈妈，准是彼得来玩过，他总是把地上弄得很脏。真的，彼得有时会坐在我床头吹笛子给我听的。也许，他会从窗子飞进来吧！"

"温迪一定是做梦了！"等温迪走后，妈妈拿着蜡烛在地板上照来照去，想找出地板上有没有陌生人的脚印。她可不许任何人伤害到孩子们。

"真是彼得吗？"达林太太把头伸出窗外，"难道他真的会飞？"这次真的把她难倒了。

而第二天夜里，达林太太却亲眼看到了彼得。

那天娜娜休假，出游还没回来。达林太太呆在孩子

men fáng jiān　péi tā men xǐ zǎo　chàng gē　shuō huà　yí ge yí ge qīn wěn　yí biàn yí
们房间，陪他们洗澡、唱歌、说话，一个一个亲吻，一遍一

biàn dào wǎn ān　hái zi men zhōng yú liàn liàn bù shě de fàng kāi le mā ma de shǒu　zuò
遍道晚安，孩子们 终 于恋恋不舍地放开了妈妈的手，做

mèng qù le
梦去了。

dá lín tài tai lián ài de kàn zhe hái zi men shuì mèng zhōng de xiào róng　duō me
　　达林太太怜爱地看着孩子们 睡 梦 中 的笑容，多么

kě ài de bǎo bèi ya　shéi yě bù néng dài zǒu tā men　　tā wēi xiào zhe zuò dào huǒ lú
可爱的宝贝呀，谁也不能带走他们。她微笑着坐到火炉

biān　dǎ zhe hā qian　zài yǐ zi shang shuì zháo le
边，打着哈欠，在椅子上 睡着了。

mí mí méng méng zhōng dá lín tài tai sì hū kàn dào le yí
　　迷迷蒙 蒙 中，达林太太似乎看到了一

ge jiào yǒng wú xiāng de dì fang　jiù hé tā cháng zài
个叫永无乡的地方，就和她常在

hái zi men de xīn si li kàn dào de nà ge shén qí
孩子们的心思里看到的那个神奇

yǒu qù de xiǎo dǎo yí yàng　zhōu wéi de jǐng wù　bēn
有趣的小岛一样，周围的景物、奔

pǎo huó dòng de wù tǐ dōu zài yǎn qián ruò yǐn ruò
跑活动的物体都在眼前若隐若

xiàn　　yí ge xiǎo nán hái de shēn yǐng jiàn jiàn qīng xī
现。一个小男孩的身影渐渐清晰

qǐ lái tā yì diǎnr yě bù chī jīng xiàng shì zài
起来，她一点儿也不吃惊，像是在

duō nián yǐ qián jiù yǐ hé tā xiāng shí le　　tū rán
多年以前就已和他相识了。突然，

7

眼前有亮光一闪，温迪妈妈一下子惊醒，真的有一个男孩，穿着树叶和树浆做的衣服，落在了房间的地板上，而窗子正大开着。

"是彼得·潘！"达林太太突然明白过来。屋里的声响惊动了刚回家的娜娜，她箭一般冲进屋，咆哮着企图要咬住男孩，而他却带着那团光轻盈地飞出了窗子，只是影子跟在身后动作较慢，被娜娜飞快地关窗时夹住了。男孩飞进星空，回头看了一下留在灯光里的影子，微微一笑："没关系，我会回来的！"

达林太太从娜娜嘴里取下彼得的影子，对着灯光瞧了瞧，黑色、透明，和普通的影子没有两样。娜娜想把影子挂在窗外，诱使彼得来取，但达林太太把它卷起来放进了抽屉。

彼得来了

又一个星期五到了,那是个让温迪父母一想起来就悔恨不已的夜晚,他们担心了好长时间的事情终于还是发生了。

那天达林太太早早地换好了白色礼服,等着先生穿戴好一起去参加二十七号宅子的晚会,孩子们则在一旁快乐地做着游戏。不巧的是,此时到了迈克吃药的时间,娜娜

9

衔着药瓶进来了。要知道，孩子都害怕吃药。

"迈克，你是男子汉，吃药怕什么！"

"好啊，爸爸，你就做个样子给迈克看！"温迪也在一旁鼓励道，并拿来了药。面对孩子们不满的目光，爸爸赶紧找了个理由：

"我的药很像牛奶的，可以骗一骗娜娜，开个玩笑嘛。来，娜娜，吃下去！"

当然，娜娜是好狗，她走进来毫不怀疑地舔完了药，直舔得自己难受得流出眼泪。

"娜娜！"温迪心疼地跑过去一把抱住她。

妈妈则搂着另外两个男孩。达林先生看看这个，又看看那个，他怎么能容忍家里其他人用不尊重的目光看自己？他，一个有学问的人，又懂股票又懂红利，每天

10

为家里精打细算,唉,怎么样也要树立权威呀。他大声发起了脾气,尽管心里很惭愧,可还是把娜娜粗暴地拖到了院子里的狗舍。

达林先生的这一举动就足以让他后来悔恨很长很长时间了,因为如果娜娜在孩子们房间,就不会发生后来的一切,更何况温迪妈妈还提醒过关于彼得的事情。都是那该死的药!

妈妈好不容易才把哭哭啼啼的孩子们打发上了床,娜娜在院子里低声叫着。大人们一无所知,而孩子们心里知道:"一定有事情发生了!"

房间里的灯渐渐暗了下去,窗外却十分热闹。就在达林夫妇消失在街上黑暗中的刹那,星星们大声说着话,眨着眼睛,发出一阵阵清脆的笑声,就像风铃的声音。像是流星一闪,一点亮光从星星群中跳出来,穿过窗子的缝

xì fēi jìn le wēn dí tā men de fáng jiān　　zhè shì yí ge tiáo pí de jiā huo　　zài hēi
隙飞进了温迪他们的房间。这是一个调皮的家伙，在黑

àn de wū li sì chù luàn cuàn　　yì biān xī nào zhe kuài sù fēi xíng　　yì biān xún zhǎo zhe
暗的屋里四处乱窜，一边嬉闹着快速飞行，一边寻找着

shén me dōng xi　　zhōng yú zài yí ge guàn zi li　　zhè ge liàng diǎn jiǎn màn sù dù tíng xia
什么东西。终于在一个罐子里，这个亮点减慢速度停下

lai　　xiǎn chū le zì jǐ de miàn mù　　yí ge xiǎo xiǎo de　　shēn cái yōu měi de xiān nǚ
来，显出了自己的面目：一个小小的、身材优美的仙女，

chuān zhe jīng zhì de shù yè zuò de yī fu　　míng jiào dīng dīng líng　　bú yòng shuō　　tā yí
穿着精致的树叶做的衣服，名叫叮叮铃。不用说，她一

dìng shì bǐ dé dài lái de　　yí lù yáo yuǎn de fēi xíng　　kě wèi xiān chén pú pú　　dàn yī
定是彼得带来的，一路遥远的飞行，可谓仙尘仆仆，但依

rán bú huì shǎo yì dīng diǎn tiān shēng de wán pí　　guǒ rán chuāng zi kāi le　　bǐ dé tiào
然不会少一丁点天生的顽皮。果然，窗子开了，彼得跳

jìn lai　　dīng dīng líng　　zhǎo dào wǒ de yǐng zi le ma
进来："叮叮铃，找到我的影子了吗？"

　　dīng dīng líng de shǒu zhǐ zhǎo dào le chōu ti　　jiāng lǐ miàn de dōng xi dǒu chu lai
　　叮叮铃的手指找到了抽屉，将里面的东西抖出来，

终于发现卷成一团的影子。按理说彼得把影子放到地上后，他们就会像磁铁似的立刻连在一块儿，但这次影子却软软地躺在地上，弄得又脏又皱，连一点脚后跟也没连上。

"讨厌的影子，你为什么不肯听话？"彼得手忙脚乱，还是忍不住坐在地板上哭出了声，尽管他一直最瞧不上哭鼻子的孩子。

温迪从睡梦中惊醒，揉着眼睛，好容易才看清地板上居然坐着一个哭泣的男孩。

"咦，和我梦里看到的男孩一样啊！不过你为什么哭？"

13

彼得有点不好意思地笑一笑。他们就像别的孩子一样互报姓名、年龄和各自的情况，只是彼得的地址着实让温迪奇怪了一阵，叫做什么"右手第二条路，然后一直向前，直到天亮"，而且他不知道自己有几岁，说是不想长大也不会长大。

温迪忍不住笑了，她喜欢这么奇奇怪怪的伙伴。看到彼得那可怜的影子，还有他企图用胶水粘到脚上的滑稽样子，温迪笑着说："你真是个笨孩子，我帮你吧！"

她跳下床，拿来了针线。彼得的影子被牢牢地缝在脚上，虽说有点皱，但肯定是不会再掉了。

彼得还没

等温迪把

yǐng zi fǔ píng jiù gāo xìng de tiào qǐ lai　　wǒ zhēn shì tài cōng míng le　duō bàng

影子抚平就高兴得跳起来："我真是太聪明了，多棒

a
啊！"

wèi　shì wǒ bāng nǐ féng de ya　　wēn dí bù miǎn yǒu diǎn shēng qì　yòu pèng
"喂，是我帮你缝的呀！"温迪不免有点生气，又碰

dào yí ge zì gāo zì dà、ài jiāo ào de jiā huo le　tā tiào shang chuáng ná tǎn zi
到一个自高自大、爱骄傲的家伙了。她跳上床，拿毯子

méng zhù tóu
蒙住头。

dé zuì yí ge nǚ hái zi shì méi shén me hǎo chu de　zhè yì diǎn bǐ dé yě zhī
得罪一个女孩子是没什么好处的，这一点彼得也知

dào　tā gǎn jǐn bǎ wēn dí dòu lè le　tā kě shì yí ge shàn yú wàng diào bù yú kuài
道。他赶紧把温迪逗乐了，她可是一个善于忘掉不愉快

de rén
的人。

dīng dīng líng dào nǎ lǐ qù le　bǐ dé tū rán xiǎng qǐ，yí kè dōu bú huì
"叮叮铃到哪里去了？"彼得突然想起，一刻都不会

ān jìng de dīng dīng líng zěn me bú jiàn le
安静的叮叮铃怎么不见了。

dīng dīng líng shì shéi　tā zài wǒ fáng li ma　á　nán dào nǐ shì shuō wǒ
"叮叮铃是谁？她在我房里吗？啊，难道你是说，我

fáng jiān li yǒu yí ge xiān rén　wēn dí gāo xìng jí le　tā men yì qǐ jìng jìng de
房间里有一个仙人？"温迪高兴极了。他们一起静静地

bǔ zhuō nǎ pà yì dīng diǎnr　xì wēi de shēng yīn zhōng yú zài bǐ dé　nán hái men zài
捕捉哪怕一丁点儿细微的声音，终于在彼得 男孩们在

yì qǐ　wán zhe wú qióng wú jìn de yóu xì　dàn wéi yī de quē hàn jiù shì méi yǒu rén
一起，玩着无穷无尽的游戏，但唯一的缺憾就是没有人

huì jiǎng gù shi　méi yǒu nǚ hái zi zuò bàn
会讲故事，没有女孩子做伴。

"温迪，跟我走吧，为我们讲故事去吧！"

温迪当然是很想接受邀请的，可是，可是……

"去吧去吧！我可以教你乘上风的背，你会和星星们说话，还有长尾巴的人鱼，这一切都比呆在床上有趣多了呀！"彼得狡黠地直眨眼睛，说得温迪心花怒放。可是——想妈妈怎么办？温迪痛苦地扭着身子。

"你还可以晚上给我掖被子，补衣服，做好吃的。我们以前都没有过的。"彼得还在诱惑她。

哎呀，还有比这更有趣的事吗？温迪已经高兴得一刻也不能等了，她摇醒约翰和迈克。

可是彼得做了个"安静"的手势。约翰突然叫道："关

dēng kuài shàng chuáng
灯，快上床！"

zài yuàn zi li jiào le yí yè de nà na cǐ shí què chén mò le dāng nǚ yōng lì
在院子里叫了一夜的娜娜此时却沉默了，当女佣莉

shā qiān zhe tā zǒu jìn fáng jiān shí yí qiè dōu xiǎn de nà me zhèng cháng shèn zhì hái yǒu
莎牵着她走进房间时，一切都显得那么正常，甚至还有

hái zi men shú shuì shí de hū xī shēng dāng rán zhè dōu shì tā men duǒ zài chuāng lián hòu
孩子们熟睡时的呼吸声（当然这都是他们躲在窗帘后

jiǎ zhuāng chu lai de lì shā bù mǎn de zé guài nà na duō xīn zhǐ yǒu gǒu cái yǒu
假装出来的）。莉莎不满地责怪娜娜多心，只有狗才有

rú cǐ líng mǐn de fēn biàn lì yóu qí shì duì yuē hàn nà jiǎ zhuāng dà de chū
如此灵敏的分辨力，尤其是对约翰那假装大得出

qí de hū xī nà na fèn lì xiǎng zhèng tuō lì shā de shǒu dàn méi
奇的呼吸。娜娜奋力想挣脱莉莎的手，但没

néng chéng gōng yòu bèi dǎo méi de shuān zài le yuàn zi li
能成功，又被倒霉地拴在了院子里。

zhēn jīng xiǎn a gèng jīng xiǎn de hái zài hòu
真惊险啊！更惊险的还在后

miàn nà na yǐ jīng zhèng duàn le suǒ liàn pǎo qù jiào
面，娜娜已经挣断了锁链，跑去叫

dá lín fū fù le yě jiù shì shuō zài tā men jiāng
达林夫妇了。也就是说，在他们将

yào pǎo huí jiā de shí jǐ fēn zhōng li wēn dí hé yuē
要跑回家的十几分钟里，温迪和约

翰、迈克必须学会飞行，并及时地飞出窗子，否则，永无

乡就永远只是梦里的事了。

开始他们在地板上试，又到床上试，但怎么样都

飞不过一寸远。彼得骄傲地在屋里飞来飞去，一会儿高，

一会儿低，逗得他们直叫嚷："飞慢一点，飞慢一点，教教

我们。"看他们着急的样子，彼得才伸出手。因为带着叮

叮铃一路沾满了仙尘，他把手上还剩下的一

些在每个人身上都吹了一点。

"瞧啊！我会飞了！"先是迈克，再是约

翰、温迪，虽然飞得还有些歪歪扭扭，不及彼得

优雅，但他们的头毕竟已经碰到天花板了。一

旦飞起来，他们就忍不住想飞出窗外，而这也正是彼得想诱惑他们的目的："去看人鱼，去看海盗！"

此刻，娜娜正带着温迪父母心急火燎地赶到街心，老远就看到孩子们房间窗子未开，但里面却灯火通明，更糟糕的是，有四个小小的身影正悬在半空转圈儿。

但还是来不及了，就在温迪父母冲进房间的同时，彼得一声令下，迈克、约翰和温迪飞出了窗子，飞进了星星们大呼小叫的夜空。

飞向永无乡
fēi xiàng yǒng wú xiāng

要去永无乡，温迪他们走的就是
"右手第二条路，一直向前，直到天亮"
这条路，不过要是没有彼得和叮叮铃带
路，孩子们是怎么也找不到路线的，因为
这个地址本身就是他那么信口一
说的，地图上根本没有。但都没
有关系，还有什么会比
飞行时经历的那些更有
趣呢？比如飞过高耸的
建筑、房屋的塔尖，追逐
飞鸟，夺下它们口中的

22

食物，互相之间在空中追来追去……他们不知疲倦，连最小的迈克都没有叫过累。

天一时黑一时亮、一时冷一时热，最要命的是，他们不累，但会感到困，而一打盹儿、手脚一停止动，人就会往下坠。彼得倒是可以仰卧着在半空睡觉，就像浮在水面一样，所以他才不着急温迪他们会掉下去，正好又可以显一显自己的本领了。就在迈克即将掉到海里的一瞬间，彼得一个漂亮的俯冲，轻松地抓住了他。不过彼得对游戏太喜新厌旧了，说不准什么时候他就对俯冲游戏失去兴趣，那时再掉下去他就不管了。温迪知道弟弟们对彼得有些又气又恼，很是担心："你们要对他客气一些，他要是不管我们了，那怎么办？不知道路，也没有吃的，而且我们还没学会怎样停下来！"

"怕什么，地球是圆的，我们一直往前，总会飞回家的嘛！"约翰一点不在乎。

没办法，他们只能奋力跟着彼得。但正因为彼得是天生的玩家，花样层出不穷，路途中随处都有他的朋友，所以永远会去追逐新鲜的东西，而马上就忘掉旧的，包括人的名字，温迪常常要提醒他好几次，他才会想起她的名字来。为了表示歉意，彼得让他们躺在了一股顺方向的狂风上，这样又快又舒服，还可以小睡一会儿。

大概飞了好几个月了吧，当夕阳把一万道金箭射向前方时，他们终于看到了箭所指的

dì fang   yǒng wú xiāng
地方——永无乡
de àn   ér gèng zhǔn què de
的岸，而更准确地
shuō   shì yǒng wú xiāng zǎo yǐ zài qiáo shǒu pàn
说，是永无乡早已在翘首盼
wàng bǐ dé de guī lái
望彼得的归来。

wēn dí tā men diǎn qǐ jiǎo jiān   shēn cháng le bó zi   suī rán shì dì yī cì lái
温迪他们踮起脚尖，伸长了脖子，虽然是第一次来
dào yǒng wú xiāng   dàn tā men zài mèng zhōng yǐ jīng jiàn guò wú shù cì le   bù jīn dà
到永无乡，但他们在梦中已经见过无数次了，不禁大
shēng huān hū qǐ lái   jiāo hú   wǎng shā lǐ mái dàn de wū guī   duàn tuǐ de hóng hè
声欢呼起来。礁湖、往沙里埋蛋的乌龟、断腿的红鹤、
yán dòng   xiǎo láng zǎi   yìn dì ān yíng zhài   tā men yī yī zhǎo dào le gè zì céng
岩洞、小狼崽、印第安营寨……他们一一找到了各自曾
zài mèng lǐ jiàn dào de dōng xi   duō qīn qiè a
在梦里见到的东西，多亲切啊！

dàn bù jiǔ   kǒng jù jiù jué zhù le tā men de xīn   zuì hòu yì zhī tài yáng jīn
但不久，恐惧就攫住了他们的心。最后一支太阳金
jiàn xiāo shī de shí hou   dǎo shang wán quán hēi le   méi yǒu yè dēng   méi yǒu bì lú   méi
箭消失的时候，岛上完全黑了，没有夜灯，没有壁炉，没

有家里温馨的声响，却不时听到野兽的咆哮。他们这才知道，一个真实的岛和梦中的岛是多么不同啊!

彼得一路上神气的样子终于不见了，他显得很谨慎，三个孩子紧紧地跟在他身边飞行。他们在黑暗中飞得很低，彼得把一直睡觉的叮叮铃也叫醒，要借用她飞行的亮光看路。忽然，彼得在仔细聆听着什么，又不停探望地面的状况。他看到了胡克——一个臭名昭著的海盗船长。他一说出胡克的名字，孩子们都倒吸一

26

口冷气，他们已在梦里久闻其名，迈克忍不住哭了。一向勇敢的约翰也哑着嗓子，他知道詹姆斯·胡克的厉害，这是海盗中最凶狠的一个。这是他梦中的常见内容，但以前梦里战斗再激烈，一觉醒来都会安然无恙，而这次，碰上真的了。

"他现在是什么样？个头还那么大吗？"约翰低声问彼得。当彼得说他砍掉了胡克的一只手时，约翰简直不敢相信自己的耳朵。

彼得是知道形势的严峻性的，因为胡克已经用铁钩取代了断掉的右手，现在将会更加恐怖和残忍。他要求

孩子们绝对尊重他作为队长的身份，而且，他要亲自对付胡克。

　　孩子们个个神情严肃，叮叮铃的亮光围绕着他们。但不久彼得得知，他们已被发现了，尤其是现在有叮叮铃的亮光，胡克可能随时了解他们的行踪，他已拖出了大炮。孩子们吓坏了，而此时叮叮铃的亮光又是无法熄灭的，因为她不想睡觉，同时又不能醒着去弄灭那点光。紧急中彼得想到了约翰的帽子。叮叮铃勉强同意躲在帽子里飞行，因为这是彼得的主意，她只听他的。

　　突然，一声巨响划破天空，胡克向他们开炮了！小分队被大大的气浪和狂风吹散了，彼得被远远地吹到了海上，约翰和迈克在一起，而温迪飞到了上空，只有叮叮铃和她在一起了。

而叮叮铃此刻却突生坏主意，她要用亮光将温迪引向一个危险的地方。

yíng jiē bǐ dé
迎接彼得

　　chú le wēn dí　　bǐ dé dài zhe liǎng ge xīn huǒ bàn zhōng yú jiù yào jiàng luò le
　　除了温迪，彼得带着两个新伙伴终于就要降落了。

bǐ dé bú zài shí de xiǎo dǎo yǒu diǎn sǐ qì chén chén méi yǒu le duì zhǎng jiù lián zhàn
彼得不在时的小岛有点死气沉沉，没有了队长，就连战

dòu sī shā dōu méi yì si　xiān rén men shuì zhe lǎn jiào　yě shòu men shǒu hù zhe zì jǐ
斗厮杀都没意思。仙人们睡着懒觉，野兽们守护着自己

de bǎo bǎo　hǎi dào hé hái zi men xiāng ān wú shì　hù bù qīn fàn　yìn dì ān rén dà
的宝宝，海盗和孩子们相安无事、互不侵犯，印第安人大

chī dà hē zhěng gè xiǎo dǎo dōu sì hū shī qù le huó lì hé jī qíng　bú guò zhè yí
吃大喝，整个小岛都似乎失去了活力和激情。不过这一

切在今晚就要改变！

风闻彼得归来，一切就像突然苏醒一样，印第安人和海盗们蠢蠢欲动，孩子们已准备欢迎队长。目前，岛上的孩子共有六个：谦逊善良但冒险运气总不佳的图图、快乐而彬彬有礼的尼布斯、最自高自大的斯莱特利、淘气的卷毛和一对糊里糊涂的双胞胎。他们个个手握刀柄，悄悄前行。看来海盗就在不远处。

果然，彼得藏在隐秘处看到孩子们刚刚走过，一群海盗便跟踪而至。走在最前面的是意大利人切科，漂亮而身材强壮，耳朵上挂着大大的西班牙金币。紧跟着是一个彪形大汉，凶狠无比。然后是比尔·鸠克斯、库克森、貌似文质彬彬的斯塔奇、"天窗"、假装和蔼的爱尔兰水手斯密，还有努得勒、罗伯特·木林斯、阿尔大·梅森等等，这些人在西班牙土地上无人不知，恶名远扬。当然，其中最凶恶的就是詹姆斯·胡克。他那只代替断手的大铁爪让人瞧上一眼就胆战心惊的。

胡克傲慢地坐在大车里，叼着自己特制的可以装两只雪茄的烟斗，由其他海盗谦恭地推拉着，稍稍令他

不满，铁爪便伸向他们，甚至随时可以轻易结束他们的性命，"天窗"就是这么死的。

海盗走过，紧跟着的是印第安人。由于彼得不在的几个月里没有战事，他们大吃大喝了几天，现在都有些发福了，否则，这支队伍会走得更轻盈、更悄无声息。他们是皮卡尼尼族人，个个性格剽悍、英勇善战，赤裸的身上涂满油彩，胸前挂着各自的战利品——敌人的头皮，当然是头皮挂得越多，越是部落中的英雄。在最前面开路的是魁梧的小豹子，胸前的头皮多得都快挂不下了。皮卡尼尼族的公主——美艳剽悍的虎莲手持战斧，走在队伍最危险的后面。她冷艳如霜，部落中的勇士们都对她俯首帖耳，以赢取她的欢心。

印第安人后面是一大群混杂的野兽，大的猛兽和更多疯狂逃窜的小动物。再后面就是一只巨型鳄鱼，贪婪地四处寻找着什么。

就这样，孩子、海盗、印第安人、野兽形成一个不断前进的圆圈，每个队伍都在追击前面的目标，只要任何一支队伍加快速度或停下来，一场厮杀就会立刻在岛上展开。所幸的是，孩子们走到离地下的家很近的地

33

方便脱离了这个行走怪圈（当然他们是无意识的），来到一片草地，孩子们躺在草地上无聊地聊着天，斯莱特利夸口说他不怕海盗，这种腔调让其他人很不喜欢。

突然远处又传来海盗的歌声，孩子们一阵骚乱，尼布斯跑去侦察敌情，而其余的孩子全都从树干上溜到了地下的家。斯塔奇发现了尼布斯，正准备用枪瞄准，被胡克的铁钩粗暴地制止了。胡克要找到孩子们的隐身之处，亲手抓到彼得。

一想到断掉的手，胡克眼里就喷出愤怒的火焰，尽

管现在这只铁钩比手的用处多多了，还能做家常事，但因为彼得把砍下的胳膊喂了巨型鳄鱼，此后便让胡克再也摆脱不了那只鳄鱼，而没日没夜地被它追赶。好在鳄鱼曾不小心吞下一只钟，肚子里滴答滴答的声响暂时会暴露行踪，否则胡克不知身体的哪一部分又会成为鳄鱼的美餐了。因此说什么也要抓到彼得，让他也尝尝被鳄鱼追的滋味。不过说到鳄鱼，孩子们倒常常拿它当时间的信号，想知道是什么钟点了，就找到它，在一旁等着肚子里的钟报时。

胡克找了一个大蘑菇坐下来。

"哎呀！"胡克猛地跳起来，"它是热的！这个蘑菇，出鬼了，烤死我啦！"

"斯密，你把它拔起来！"胡克命令道。

斯密攒足力气，用力一拔，自己却一下子抱着蘑菇坐到了地上。更奇怪的是，蘑菇覆盖的地面冒出了烟。

"烟囱！"

胡克最先反应过来："哈，我终于找到了，那些孩子的家！是他们的烟囱！"

他说得没错，正是孩子们在地下的家。每当敌人来临，孩子们就把蘑菇盖在烟囱上作掩护。此刻他们还

以为很安全，正在屋里大声谈笑呢！

"你听到了吗？"斯密小声地说，"他们的彼得不在家。"

胡克得意地一笑："我要做一块大蛋糕，油腻腻，湿漉漉，他们没有母亲，一定会去吃……"

滴答，滴答！声音由远而近。

"是鳄鱼！它又来了！"胡克铁青的脸一下子白了，两个人仓皇而逃。就是那只巨型鳄鱼，拖着湿漉漉的身体赶来了。

kě lián yòu xìng yùn de wēn dí
可怜又幸运的温迪

孩子们估摸着危险应该暂时过去，又爬到了地面。

尼布斯面色惨白地跑来，跌倒在地，而在他后面，跟来了

一群狼！

在这万般紧急之际，孩子们没有惊慌失措，彼得的

勇敢机智对他们多少也有些潜移默化的影响。

"彼得会这样干的！"他们一起大喊，立刻全部弯下

腰，从两腿间往后看，逼视着狼群前进。孩子们怪异的

阵势和气魄犹如排山倒海，狼群吓跑了！

孩子们跳起来击掌 欢呼。这时天空 中出现另一个白色的怪异东西,一边缓慢飞行,一边发出哼 哼的声音,惊恐未定的尼布斯认为它是在说"可怜的温迪"。

"温迪是什么?"孩子们又有些紧张了。

疲惫不堪的温迪正在朝孩子们飞来,她还在悲切地呼唤彼得他们的名字,有时还带着哭腔,那是叮叮铃恶狠狠地拧她的结果。

这个一向可爱此时却被嫉妒填满了心的小仙女向惊愕的孩子们"传达"了彼得的命令:射死温迪!

队长有令是无需怀疑的。孩子们跑进屋去拿弓箭,图图手里正好有一副,他抢先毫不犹豫地射向了温迪。

等别的孩子们跑出来时,图图正兴奋地看着他的战利品躺倒在草地上,胸口插着一支箭:"她是我射下来的!"

"可她好像不是一只鸟,"斯莱特利有点怀疑,"她是一位小姐吧。"

"怎么回事？你不是先猜测是一只鸟的吗！"图图慌了，"我……我杀了她吗？"

卷毛突然说："她一定是彼得带来给我们的。彼得说过，要找一个人照料我们，给我们讲故事。可你杀了她！"

伙伴们恍然大悟，七嘴八舌地指责起图图来。图图脸都吓白了，浑身哆嗦着，他太怕面对彼得了，可是他干的，赖不了。图图哑着嗓子勇敢地说："是我射死的！我射死来当我们妈妈的人了！我……我走了。"

可他们听见了彼得归来的信号，彼得回来了！孩子们慌作一团，赶紧把地上的温迪围在中间。

“我回来了，你们好吗？”彼得兴奋地叫道，他想象着即将公布一个期盼已久的好消息，孩子们不知会有多高兴呢。但怎么有点反常？孩子们只机械地打了声招呼，本想欢呼，样子却别扭极了。

彼得着急地宣布，他终于带回来一位母亲了，会讲故事、会缝衣服的小女孩。“她飞回来了吗？”彼得四处张望。孩子们头上已冒出了汗。

“彼得，”图图怯怯地叫道，“她在这儿。”勇敢的他命令其余的孩子退后。

42

彼得看到了温迪。如果温迪死去，他会难过得再也不想走近这个地方，可那支箭是怎么回事？

"是我的箭。你惩罚我吧，彼得！"图图毫不退缩。

彼得拔出温迪身上的箭，他要刺向图图。可他的手还是在半空停住了，有什么东西在碰他。"是温迪小姐，她在说话！"尼布斯叫道。

彼得的心顿时狂喜起来，他跪下来贴近温迪，仔细查看温迪受伤的地方，他发现一粒橡子，是橡子挡住了箭头。彼得举着橡子高兴地大叫。

有一阵细小的哭声传来，是叮叮铃，她的罪行自然

被孩子们汇报到彼得那里。

"叮叮铃，我再也不跟你做朋友了，永远！"彼得的神色冷峻得吓人，不管叮叮铃怎样求情，他都不动摇。温迪又抬起了手示意，彼得才答应至少一星期不能做朋友。

温迪还躺在地上晕晕乎乎，身体十分虚弱。彼得他们争论了半天，最后决定就在草地上围着温迪造一间小房子。又有兴奋的事情需要忙碌了。孩子们以最快

的速度干起来，他们忙得来不及擦汗，有的溜到地下的家拿来所有的好东西，有的跑到树林砍树，草地上呈现出热火朝天的景象。正在这时，迈克和约翰也飞到了。他们被这样一幅景象惊呆了，孩子们来往穿梭，根本来不及理他们，彼得好容易才想起他们是谁，命令这两个兄弟去砍树运木头。

"什么，造房子给温迪？你们说什么，都是她的仆人？"两兄弟都傻了，实在弄不懂怎么回事，只有跟着去干。

bǐ dé dào dǐ shì duì zhǎng kǎo lù shì qíng bǐ jiào quán miàn tā yào sī lái tè
彼得到底是队长，考虑事情比较全面，他要斯莱特

lì qù qǐng ge yī shēng gěi wēn dí kàn bìng
利去请个医生给温迪看病。

yǔ cǐ tóng shí sēn lín li fǔ tóu shēng xiǎng chéng yí piàn suǒ yǒu cái liào dōu
与此同时，森林里斧头声响成一片，所有材料都

yǐ zhǔn bèi hǎo dàn tā men hái bù zhī dào wēn dí de xǐ hào tǎng zài dì shang de wēn
已准备好，但他们还不知道温迪的喜好。躺在地上的温

dí dòng le yí xià zài bǐ dé de gǔ lì xià tā bì zhe yǎn chàng qǐ le gē
迪动了一下，在彼得的鼓励下，她闭着眼唱起了歌。

yuán lái shì yì jiān xiǎo hóng qiáng wū dǐng yǒu lù cǎo de xiǎo fáng zi a
"原来是一间小红墙、屋顶有绿草的小房子啊！"

hái zi men xiào le dàn wēn dí yòu xiǎng yào yǒu huá lì de bǎi yè chuāng qiáng shang yǒu
孩子们笑了。但温迪又想要有华丽的百叶窗、墙上有

méi gui wū li yǒu yīng ér yú shì tā men yòng huáng sè de dà yè zi zuò chuāng zi
玫瑰、屋里有婴儿。于是他们用黄色的大叶子做窗子，

jiǎ zhuāng zài qiáng biān zāi mǎn le méi gui huā
假装在墙边栽满了玫瑰花。

fáng mén dǎ kāi le nǚ zhǔ rén yì liǎn jīng xǐ
房门打开了，女主人一脸惊喜：

"我在哪儿？是你们为我造的房子吗？多可爱的小房子啊！"孩子们很满意，这正是他们想听到的话。他们跪到地上，真诚地请求温迪做他们的母亲。

"我能做到吗？好吧，孩子们，快进来吧，打发你们睡觉之前，我还来得及讲灰姑娘的故事！"

现在，小男孩们终于有了一个甜蜜的家。

快乐的永无乡

温迪真正需要料理的，是地下的那个家。每个孩子都要找一棵大小适宜的空心树作为入口，胡克曾经笑过孩子们的入口太多，其实每个孩子胖瘦不同，没有合适的树，是难以上下自如的。而且，一旦选定入口，还可以长期保持良好的身材，胖瘦以树洞为标准来自由控制。第二天，彼得就来亲自为温迪、约

hàn màikè liáng shēn cái le zhǎo dào hé shì de shù hòu yào liàn xí shàng xià de dòng
翰、迈克量身材了，找到合适的树后，要练习上下的动

zuò shēn xī qì xià qu yì hū yì xī pá shang lai tā men hěn kuài jiù zhǎng wò le
作。深吸气下去、一呼一吸爬上来，他们很快就掌握了

jì qiǎo
技巧。

dì xià de jiā zhēn xìng fú a suī rán xiàng xiǎo xióng de jiā yí yàng jiǎn lòu
地下的家真幸福啊！虽然像小熊的家一样简陋，

dàn yǒu dà dà de kè tīng jí shǐ yǔ tiān dāi zài wū li yě bù huì mèn yīn wèi yǒu zú
但有大大的客厅，即使雨天呆在屋里也不会闷，因为有足

gòu de kōng jiān zuò yóu xì kě yǐ zài wū li wā dòng diào yú ná mó gu
够的空间做游戏，可以在屋里挖洞钓鱼，拿蘑菇

dàng dèng zi wū zhōng yāng de yǒng wú shù xiāo chéng shù zhuāng fàng
当凳了，屋中央的永无树削成树桩放

上木板当桌子，大床板白天竖起晚上放下挤在一起
睡觉。当然墙上还有叮叮铃的闺房，拉着一幅小小的
帷幔，里面被她布置得十分高贵精巧。

温迪把屋里安排得井井有条，她在大大的壁炉前牵
上一根植物纤维搓成的绳子晾衣服，要迈克睡在吊篮
里当婴儿，每天忙于做各种好吃的食物，比如烤面包
果、甜薯、椰子、烤小猪、香蕉等等。温迪真的是一个忙
碌的小母亲了。当男孩子们都躺到床上去的时候，温
迪才能喘一口气，坐下来像她自己的妈妈一样为孩子

们做缝缝补补的活儿。但这时候其实也是不轻松的，因为总是会有一篮子脚后跟破洞的袜子需要补，而男孩子们的裤子在膝盖的地方总是要缝成两层，这些都无疑加重了温迪的工作量。但她常常一边轻轻叹气，一边又喜气洋洋。谁叫她是一个幸福的小母亲呢？

温迪觉得在永无乡很快乐，但有时候她又有些小小的担心，到底担心什么自己也说不上来。偶尔她也会想起爸爸妈妈，他们的样子她是记得很清楚的，并且想象得出，他们会每天把窗子打开，以便自己和约翰、迈克

可以随时飞回家。但约翰有些糊涂，他已在岛上玩疯了。

迈克呢，最小，温迪每天把他照顾得好好儿的，他已经养成了依赖这个"妈妈"的习惯，一饿就追着温迪要吃的。

当男孩子们白天出去狩猎和冒险时，温迪就在家里琢磨这个事儿，她觉得是不是要把原来的生活也捡起来一些呢？如果在来永无乡以前所有的记忆都被遗忘了

的话，那心思里会少掉多大一块东西啊！

她觉得这里像一个幼儿园，只是男孩子多了一点儿而已，于是温迪决定为生活增加一个内容——考试，就像在幼儿园里一样。孩子们已经好久没有过这样的日子，高兴极了，一半是因为新鲜，一半是因为温迪出的题目又简单又有趣，比如"妈妈的眼睛是什么颜色"、"爸爸妈妈谁高"、"妈妈的头发是什么样"等等，他们可以随心所欲地回答，不会记分，当然也要适当用用脑子。有时候玩儿完了以后动一点点脑筋还是非常有意思的。

彼得是肯定不会参加的，他连哪怕小半个字母都不认识，而且一生下来也没有妈妈。如果不是温迪的主意，彼得早就不耐烦了。他常常独自出门，不知道做了什么、经历过什么，总之一时兴高采烈，一时头上还带着伤。

在彼得独自一人玩腻了的时候，他又会带上孩子们去不知和谁大战一场，等他们都兴奋得大叫着跑回来时，又够温迪忙半天的了。孩子们的玩法千奇百怪，其中一大部分是彼得发明出来的。比如有一次在斯莱特利谷和印第安人交战，正当双方激战正酣，彼得突然跳起来大声喊道："现在我是印第安人了！你们呢？"孩子们随声附和："我也是！""我也是！"印第安人愣了半天，只好回答："那我们就做一回你们吧！"于是双方交换了身份，否则战争就没法继续了。

礁湖激战

温迪梦中最渴望见到的是人鱼，柔软的身体，坐在岩石上一边梳理她们美丽的长发，一边唱着动听的歌。在永无乡，倒是可以常常见到这幅景象，但遗憾的是，人鱼不知为什么总是不愿与他们亲近。

孩子们会在礁湖度过长长的夏天，每天游泳、玩游戏。礁湖的那场战斗就发生在温迪他们看人鱼的时候。

一天中午，温迪手里拿着针线活，却总是有点心神

不宁。天突然暗下来，水面掠过一阵轻轻的战栗，像是受到了某种惊吓。温迪心里的小鼓突突直敲，害怕极了。

孩子们的队长永远是机警勇敢的，他总是能在危险来临之前及时地警醒过来。彼得立刻唤醒别的孩子，他侧耳一听，大叫一声："海盗来了！"他的脸上现出一丝怪异的微笑，惊喜还是激动，谁也说不清楚。

彼得手一挥，立刻湖面上身体一闪，孩子们已经迅速潜到了水下。

渐渐驶近的小艇上，是海盗斯密与斯塔奇绑着高贵的印第安公主虎莲，想把她也流放到流囚岩上。如果不

是虎莲身无防备，恐怕两个海盗的头皮早已被割下来了。而他们此时却幸灾乐祸，连黑暗中的岩石也没看见，小艇险些撞上去。

现在小艇已靠近岩石了。突然水下传来胡克阴沉的声音：

"你们这些笨蛋！"

"是船长！他怎么会来的？"斯塔奇对船长的声

音既害怕又糊涂。

yīn jì hài pà yòu hú tu

"可我看不见他！"斯密也有点奇怪，但对船长是不允许有过多疑问的。

kě wǒ kàn bu jiàn tā   sī mì yě yǒu diǎn qí guài   dàn duì chuán zhǎng shì
bù yǔn xǔ yǒu guò duō yí wèn de

"你们抓她干吗？放了！"声音凶狠地说。

nǐ men zhuā tā gàn ma   fàng le   shēng yīn xiōng hěn de shuō

两个海盗惊得一哆嗦，小声嘀咕着："船长怎么了？他不是一向恨印第安人的吗？出怪事了！"

liǎng ge hǎi dào jīng de yì duō suō   xiǎo shēng dí gu zhe   chuán zhǎng zěn me
le   tā bú shì yí xiàng hèn yìn dì ān rén de ma   chū guài shì le

"怎么还不放？小心我的铁钩！"声音更阴沉恐怖了。不过如果仔细听的话，这个声音里有一点急躁和稚嫩。

zěn me hái bú fàng   xiǎo xīn wǒ de tiě gōu   shēng yīn gèng yīn chén kǒng bù
le   bú guò rú guǒ zǐ xì tīng de huà   zhè ge shēng yīn li yǒu yì diǎn jí zào hé zhì
nèn

海盗心惊胆战地朝水面喊道:"是!是!船长!"

虎莲的绳子一被割断,一眨眼就溜到水里不见了。

水下传来一丁点咯咯的笑声,海盗们只想自己不要惨死在胡克那可怕的铁钩下,哪里顾得上注意这点微小的声音。就在不远处,两个小脑袋露出一半在水面上,正是温迪和彼得。现在知道了,哪里是胡克,明明就是彼得冒充的声音!

彼得太喜欢玩这个游戏了,如果不是在水里,他肯定又要为自己的聪明得意得满地打滚。彼得模仿胡克的声音真是像极了,看到海盗害怕的样子,他差点笑出声来,忍不住又要啼叫几声,多亏有温迪提醒。

"啊嗬咿——"湖面上又传来胡克的叫声,但这次彼得并没有发声。

真正的胡克来了!

温迪打了一个寒颤,吓得手脚都不灵了,她想马上偷偷溜走。真正的胡克不是好惹的,更何况刚才彼得冒充了他,马上就要露馅儿了。但彼得好像并不明白问题的严重性,反而更兴奋了,他坚持不走,还好说歹说把温迪也留了下来。

胡克从水里爬上小艇，显得很忧郁。他连叹几口气："那些男孩子们找到了一个小母亲，我们要抓到他们就很困难了！"

"母亲是什么？为什么很困难？"斯密的脑袋从来没有接触过这些问题。

"笨蛋！有了母亲他们就不会像原来那样粗心了！"看来斯塔奇曾经是有过母亲的，所以比斯密稍稍有点经验。

温迪心里充满了自豪，彼得也是，他们在水下互握了握手。

胡克的目光忽然被一只永无鸟吸引，那只鸟正卧在湖面的鸟巢上孵蛋。这是一幅温馨的场景，如果海盗们心底那一丝甜蜜的东西还没有完全跑掉，他们的心弦就会被轻轻地触动。胡克的眼睛一下子恢复了柔和：

"看，它就是母亲！"

斯密很感动，他知道什么是母亲了，鸟巢落到了水里，但鸟一直都不肯舍弃它的孩子，所以才会跑到水上来孵蛋。斯密都有些想抽泣了。

"船长，"斯密突然热切地叫道，"我们把孩子们的母亲掳来给我们做母亲吧！"

"太棒了！"胡克正为刚才的一丝软弱惭愧,不过这个主意实在太妙,他也忍不住要大声应和。怎样掳一个人对海盗来说是拿手好戏,他们很快就想好了计策:只要将男孩子们淹死就行了。

胡克突然想到虎莲,怎么不见了她的人影? 斯密和斯塔奇笑着说:"船长,您总是喜欢开玩笑! 不是您叫我们放了她的吗?"

"什么? 不可能! 我没有说过!"

"可是……明明是您下的命令呀?"

胡克都吓得浑身颤抖了,一定是湖上的精灵鬼怪要

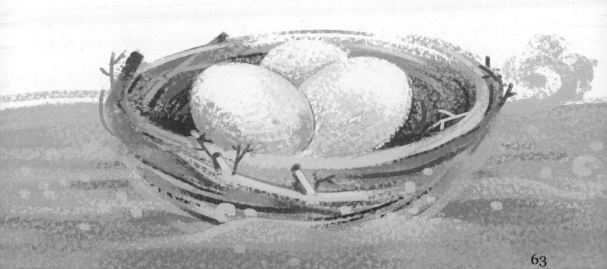

救虎莲,那他们会不会要自己的命? 胡克顾不得尊严了,

他要问个究竟:

"你是谁? 我是胡克! "

"我才是詹姆斯·胡克! "就像回声,湖面上 响起

了同样低沉的回答,却不见人影。犹如晴天霹雳,斯密

和斯塔奇吓得抱作一团。

"你不是! 我才是! "胡克生气了,谁敢冒充他?

可那声音凶悍地喊道,他还乱说的话,就

要给他一钩。胡克的脸白了,难道

还有一个和

他一模一样的胡克？一瞬间他突然对自己产生了怀疑：
"我真的不是胡克吗？那我是谁？"
　　　湖面那个声音仿佛知道他的疑虑："你不是胡克，你就是条鳘鱼！"接着水下响起一阵窃窃的笑声，像风吹过树叶。其实仔细听的话就会知道，那正是彼得的声音，因为他的笑声犹如婴儿，是无论如何都难以掩饰的。在游戏和模仿方面不能不说彼得是一个天才。

65

　　"鳘鱼？我是鳘鱼？"胡克简直不敢相信自己的耳朵，他感到自信正一点一点从身上溜走，很快说话就没有力气了。斯密和斯塔奇也很吃惊，紧接着就鄙夷起来，他们很为自己这么长时间都在为一个其实是鳘鱼的家伙卖命而感到后悔。

　　胡克（现在还很怀疑他是不是真的）觉得自己都要哭出来了，现在伤心的不是害怕手下不再尊重自己，而是长期以来连自己都确信不疑的身份突然间被宣称是假

的。太可怕了！他想从斯密那里寻求支持，但他们不屑地走开了。胡克沉思了一会儿，突然想和那个声音玩一个猜疑游戏，这也正是海盗头子的天性，爱玩游戏有时才能得到一些感觉，更何况他现在正处于痛苦彷徨的时刻。

　　胡克先做猜疑提问的人，那个声音回答。于是从蔬菜、矿物、动物、男人一直到男孩，胡克对那个未知身份的猜测正一步步接近正确答案，但还是没有完全答对，

因为声音回答说他是一个奇异的男孩，没有住在英国，而是在本地。

"他到底是谁，是真的胡克吗？可胡克的身世背景不应当是那样子的呀！"胡克糊涂了。如果彼得沉得住气，他就赢定了，但他一听胡克他们猜不出来，忍不住叫起来：

"我赢了！我赢了！告诉你们吧，我是彼得·潘！"

这是最不幸的消息，温迪对彼得直摇头。

果然，胡克大大地松了一口气，他终于弄明白自己不是假的了，斯密和斯塔奇重新对他赔起了笑脸。信心像是在别处遛了一圈，又找回到主人身上，胡克挺直了腰大声命令道："该我们去抓住他

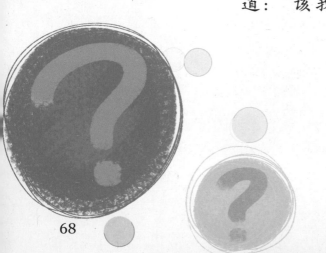

68

了！下水！”

而同时，彼得也在兴奋地大喊："孩子们，战斗开始了！快来吧！”

一场激战在几秒钟内迅速展开。孩子们虽然平时提起胡克会稍稍有点害怕，但能与海盗真刀真枪地搏斗无疑是他们有生以来最刺激的事情。

最先冲过去的是约翰，在斯塔奇还未防备之前就以迅雷不及掩耳之势发起进攻，斯塔奇惨叫一声，弯刀落了地，显然已受伤。

首次冲击就取得战果大大鼓舞了孩子们的士气。斯塔奇跳到水中，约翰毫不放松，顿时两支队伍厮杀成一团。孩子们越战越勇，混战中还不免伤及自己的战友。湖面激荡起阵阵水花，只看见脑袋、胳膊、刀上的

寒光此起彼伏，吼声、兵器相撞声、惨叫声不时在身旁响起。

胡克用他的铁钩到处冲击，所到之处由于威力过猛，孩子们只有避让，一直找不到接近他的机会。而彼得之所以成为孩子们的队长，就在于有超人的勇气和计谋，没有什么让他害怕，也没有什么能难倒他。

彼得在水里摸索一番后，试图爬

上岩石，也许在高一点的地方更利于发现目标。但岩石很滑，由于长期被水冲刷，不仅没什么棱角可供攀登，而且石面上有一层滑腻腻的东西。彼得费了很大的劲才让一只手攀到岩石顶部，然后身体紧贴岩石，慢慢地爬上来。突然，他伸出的手触到一个硬硬的铁东西，不禁一激灵，接着就看到一个湿漉漉的头顶。

胡克！不错，正是胡克！两个对手终于以一种特

别的方式相见了！

如果是别的孩子，哪怕自己有泥鳅一样机灵的身体，在如此近距离地面对凶悍的敌人时都不免会微微一颤。彼得也颤了一下，但不是紧张，而是兴奋，他甚至有点想大笑一声：终于等到这一天了！

彼得正在心里迅速思考战斗策略，但他马上又发现自己在地形上的优势地位，"不行！这样的战斗是不公平的。我要在公平的情况下取得胜利！"这是彼得的原则，也是他的习惯，他还从来不知道不公平的胜利是什么滋味。于是彼得伸出手想拉胡克一把。

就在他的手刚刚碰到胡克的一刹那，

一阵剧痛传遍全身，他吃了胡克一钩！彼得愣在那里，惊呆了。

"我……我……只是想要公平一些！"他突然有一种受欺骗的感觉，就像自己好心好意为别人着想，而别人却反咬自己一口一样，彼得有点茫然，好像忘了自己要干什么了。在这个空当，胡克又抓了他两火，彼得只是本能地避让了一下，眼里依然有一种疑惑。在他的记忆中，还没有关于受到不公平待遇的回忆，也许有过也被他转眼忘记了。要知道，彼得是最容易忘掉不快的人。

滴答，滴答，有一种声音渐渐传来。

hú kè de liǎn sè yí xià zi biàn de cǎn bái shuāng shǒu wú lì de huá xià le yán
胡克的脸色一下子变得惨白，双手无力地滑下了岩

shí tā pīn mìng xiàng xiǎo tǐng yóu qù yě gù bu de zì jǐ de láng bèi yàng zi yīn
石。他拼命向小艇游去，也顾不得自己的狼狈样子。因

wèi tā de lìng yí ge kè xīng è yú lái le
为他的另一个克星——鳄鱼来了！

hái zi men shì yǒu zú gòu de zhàn dòu lì duì fu lìng liǎng ge hǎi dào de xiàn zài
孩子们是有足够的战斗力对付另两个海盗的，现在

mù dǔ dí rén cāng huáng táo qù jīn bu zhù huān hū dàn bǐ dé hé wēn dí ne
目睹敌人仓皇逃去，禁不住欢呼。但彼得和温迪呢？

脱险

hú miàn jī zhàn zǎo yǐ ràng wēn dí dǎn zhàn
湖面激战早已让温迪胆战
xīn jīng　　 bù guǎn shì shéi de cǎn jiào shēng dōu ràng
心惊，不管是谁的惨叫声都让

她浑身发抖。她晕过去了。正在危难之时，彼得从岩石上爬下来游到了温迪身边。可是他受伤了，刀割一样的疼痛和困顿的感觉一次次袭击着他，托起温迪的身子已远没有以前敏捷，湖水正在上涨，他还是奋力游向了岩石。刚把温迪放到岩石上，他也跟着躺倒在旁边。

温迪终于睁开了眼睛，看到了旁边的彼得，心很快就安定下来，有什么能难倒彼得呢？

温迪用期待的眼神望着彼得，而彼得的笑容里却第一次带上了忧郁的神情：“我受伤了，温迪！飞不动了！”

“我还能飞，我带着你！”温迪热切地说，但她很快发觉无论自己怎样扭动肩膀，身体都不能升高半寸。原来从家到永无岛，是因为有了彼得带的仙尘才能飞那么远的呀！更何况她现在累得没一点力气，更没法飞行了。当她突然明白这一点时，禁不住绝望地哭了。

两个孩子躺在岩石上，想互相安慰却又不知如何安慰，当死亡就要临近时，似乎每一句话都显得那么苍白无力。他们用手捂住了眼睛，既不想看到越来越高的湖水，更不想看到正向他们走来的死神的身影。

　　有一个东西轻轻碰了一下彼得的肩膀，他一瞥，那只是一只风筝，迈克做的。彼得突然抓住风筝的尾巴，

"温迪，有救了！风筝可以带你走！"

温迪眼中一亮："太好了！我们可以一起飞回去了！"

但彼得只把风筝尾巴系到她身上，拼命推她离开。温迪死活不肯，她急得哭起来："你不走我也不走！你都受伤了，我一定要把你带回去！如果它带不动两个人，那我们就抽签。抽到谁，谁去搬救兵！"

彼得，也包括所有的好男孩子们，最不喜欢关键时刻啰啰嗦嗦了，这种时候正

需要他们挺身而出，若不能保护一个女孩子，那简直就是他们的奇耻大辱！温迪还抱着彼得不肯离开，彼得用劲一推，温迪晃晃悠悠离开了岩石。

彼得立在岩石上，望着远去的温迪默默告别："再见温迪！再见孩子们！"他脚下的岩石只剩下一小块露出水面，而周围的湖水正一阵阵涌过来。彼得不害怕吗？当然会的，他也只是一个孩子啊！

夜深了，人鱼一个个潜入湖底回到寝宫。彼得听到她们房间门上的小铃发出的叮当声，他知道，现在整个礁湖就剩下他一个了。

湖水已慢慢舔起了彼得的脚，接着就是小腿。彼得已经不那么激动伤心了，也许，马上就到另一个世界，还会有另一种快乐的生活在等着他呢。这样一想，彼得反而高兴起来，他时而唱着自创的歌，时而打着水花玩。

一个白色的纸片正在向这边漂过来。深夜的湖面居然又见到一个活动的东西，彼得饶有兴趣地观察起来。等待是很无聊的，在看到这个纸片之前，只有岩石上一小块木板和上面挂着的一顶帽子让彼得打发了一点时间。其实这几样东西孩子们早就司空见惯了：木板是海盗钉在上面用来标志财宝位置的，那堆金光闪闪的宝藏已被孩子们发现而玩腻了；帽子是斯塔奇的，防水宽帽檐的那种，彼得才不愿碰它呢。但这两样东西后来却产生了重大作用。

漂动的纸片无疑是无聊等待中一样新鲜的东西，彼得大声对它说着话，一个人笑着玩着。但他马上停下来，自言自语道："咦，好奇怪！你为什么要逆着水浪前进呢？瞧，好几次都差点被浪淹到了。"

而奇怪的是，纸片还是顽强地战胜了

　　一个又一个浪花，向他这边漂过来，彼得不禁鼓起掌来。

　　等纸片漂近才发觉，那是一只永无鸟，正是先前胡克他们看到的那只，拥着落到水里的巢，以翅膀当桨，奋力向彼得划过来。还未靠近岩石，永无鸟就大声叫起来，叽叽喳喳，又用手指她的巢，仿佛很急迫。彼得觉得她的样子很好笑，也喊道："你说什么？你怎么到这里来了？"

　　永无鸟见彼得不懂她的意思，只好放慢速度继续喊："我想——让——你——坐上——我的巢，它会——带你——游到——岸边！但我——游不动——了，你——自己——游——过——来吧！"她一边喊一边做手势，由于顶着风，连声音都嘶哑了，话也被风吹得零零落落，不成样子。彼得大笑起来，也放慢速度喊道：

"你叫——嚷——些——什——么？你——的——巢——到——这——里——来——干——什——么？

永无鸟可不是好脾气的鸟，无法交流的局面让她非常气恼，恨不得一走了之。不过既然她已下定决心救人，最终还是自己努力把巢推到岩石旁。在彼得抓住巢的同时，她一下子飞到了空中。

彼得突然明白永无鸟的意思了，他紧紧抓住鸟巢，仰头朝她致谢，而鸟正绕着他在空中盘旋。

彼得知道，因为巢里还有两只白色的蛋，她不得已舍弃了自己的孩子，悲伤地久久不肯飞走。但彼得也绝不是忘恩的人，他小心地捧着两只蛋，四处观望了一下，心里盘算着主意："哈，有办法了！帽子！"

这真是个好主意！那顶帽子装不了一个人，但装两只蛋实在是再合适不过了。

永无鸟一直沉浸在悲伤中，看到了帽子里的蛋。永无鸟立刻欢呼起来，向彼得招手表示谢意，彼得也快乐地回应着。永无鸟迫不及待地俯冲下来，轻盈地落到帽子上，她又孵着她的蛋顺水漂走了。而彼得也跨进

了鸟巢，用岩石上的木板挑起自己的衬衣当帆，向岸边划去。

彼得顺利上了岸，把鸟巢放在显眼的地方，希望永无鸟能看见。但永无鸟飞来过几次，似乎都不再在意自己曾经的家，她已经找到更满意的巢了——斯塔奇的帽子。后来斯塔奇发现帽子变成了鸟巢，被大大小小的鸟们睡着躺着，心中恼怒不已，大骂了很多次。他还不知道这个舒适的"巢"已变成了永无鸟们的标准居住模型，而一直流传下来，后来的孩子们一看到永无鸟的巢就会叫道："斯塔奇的帽子！斯塔奇的帽子！"这也算是斯塔奇做的唯一贡献吧。

huí dào kuài lè de jiā
回到快乐的家

温迪被风筝拖着昏昏沉沉飞回来不久，彼得也回到了地下的家。孩子们欢呼雀跃，怎么都不肯按时睡觉。

孩子们轮流讲述自已的战斗经历就持续了几天几夜，更重要的是，战斗直接导致孩子们与印第安人成为朋友，这是从未想过的重大战果。

虎莲的恩人就是全部落的恩人。他们一齐拜倒在彼得脚

下，尊敬地称呼他为"伟大的白人父亲"。虎莲更是英姿飒爽地守卫着彼得他们地下的家，不允许任何敌人侵犯，一有风吹草动立刻出兵。

彼得对印第安人的尊重非常满意，他现在已经习惯看一大群人匍匐在自己的脚下，然后很有领导风范地说出新近想出来的一句口头禅："彼得·潘有话，这很好！"每当这时，脚下的臣民就会驯服地静听他的指示。

别的孩子们看见，自然是有一点妒忌的，更何况印第安人对他们就没有那样尊敬。温迪虽然有时也同

情别的孩子一些，但作为忠实的母亲，她绝不允许别人对父亲不尊重。

这天傍晚，印第安人照样在地面站岗，孩子们在温暖的家里吃着假想的晚餐，彼得又出去探听钟点去了，当然要找到那只鳄鱼才行。

每晚，屋里的喧闹声震天动地，孩子们不仅把假想的餐具、杯子弄得乒乓乱响，而且互相的打闹喊叫永不停止。为了管理这种局面，培养孩子们的礼貌和教养，温迪想出种种办法，其中之一就是：

bù xǔ sī xià dǎ dòu　suǒ yǒu wèn tí dōu yào bào gào gěi wēn dí　yóu tā lái chǔ lǐ
不许私下打斗，所有问题都要报告给温迪，由她来处理。

ér qiě bào gào shí xiān jǔ shǒu　yào shuō wǒ kòng gào mǒumǒumǒu　bù néng bù shuō zhè
而且报告时先举手，要说"我控告某某某"。不能不说这

shì yí ge xíng zhī yǒu xiào de bàn fǎ　dàn wēn dí jiù gèng lèi le　yīn wèi hái zi men yào
是一个行之有效的办法，但温迪就更累了，因为孩子们要

me jīng cháng wàng jì　yào me jiù zuò de tài duō　wēn dí měi cì jiào shang jǐ shí cì
么经常忘记，要么就做得太多。温迪每次叫上几十次

ān jìng　yí ge yí ge shuō　dōu yī rán nán yǐ wán quán kòng zhì jú miàn
"安静！一个一个说"，都依然难以完全控制局面。

sī lái tè lì méi yǒu hē niú nǎi
"斯莱特利没有喝牛奶！"

wǒ kòng gào ní bù sī
"我控告尼布斯！"

wǒ yào zuò fù qīn de yǐ zi
"我要坐父亲的椅子！"

juǎn máo yòu chī tǎ pà juǎn yòu chī tián shǔ
"卷毛又吃塔帕卷又吃甜薯！"

……

只有图图谦虚一些，但他很悲观，常常觉得自己什么也做不成，比如父亲、婴儿、孪生子等等角色他都当不了。

温迪安抚了这个，又要解决另一个纠纷，忙得喘不过气来。她忍不住要抱怨，当然是甜蜜地生气。其实，从心底里她是很喜欢这种家庭气氛的，一群大大小小的孩子围绕着妈妈叫嚷，真是温馨啊！

很快，她听到了彼得回来的声音，孩子们欢天喜地地把父亲从树洞里拽下来，他每次都会带回来好吃的东西，这次是硬果。

彼得近来的父亲姿态是迈克教的，他现在习惯于
装成一把老骨头，而把温迪叫做"老太婆"。孩子们拥
过来，叫着要跳舞。这时父亲和母亲一定会商量一番，
然后宽容地允许。

孩子们穿上睡衣，开始还在胡乱地又唱又跳，接
着就拿起枕头，从床上打到床下。他们做着自创
的游戏，假装害怕自己的影子，时而惊叫，时而疯笑。这
个世上实在没有见过比他们更快乐的孩子了。

温迪和彼得坐在一边，幸福地看着这种场景。温迪一边补孩子们的袜子，一边与彼得聊着自己的甜蜜感觉，他们像真正的父母一样谈话，温迪甚至还担心彼得会不会因为自己"老"了而另外换一个母亲。看来，温迪是有些小小的忧虑，尤其是现在彼得与虎莲接触较多，她很想知道他对自己的真实情感。

孩子们玩累了，躺在床上还忍不住做些小小的打斗。现在斯莱特利得到了讲故事的机会，但他讲故事的能力很差。孩子们大声呼吁要听温迪妈妈的故事。

93

huí yì
回忆

wēn dí zuò dào chuáng biān   yòu kāi shǐ gěi hái zi men
温迪坐到床边，又开始给孩子们

jiǎng tā men zuì xǐ huan tīng de gù shi le   nà shì
讲他们最喜欢听的故事了。那是

yí ge jì yì shēn chù sì céng xiāng shí de gù
一个记忆深处似曾相识的故

shi   tā zǒng shì jiǎng de hěn dòng qíng   hěn wēn
事，她总是讲得很动情，很温

xīn
馨：

cóng qián yǒu yí wèi dá lín xiān
"从前有一位达林先

sheng   hái yǒu yí wèi dá lín tài tai
生，还有一位达林太太，

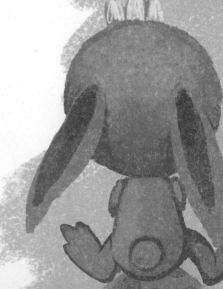

94

他们有一条很忠实的狗，名叫娜娜。"

"我认识他们！"约翰骄傲地说，他只是想

让别的孩子羡慕自己。

"我也是！"迈克跟着叫道。

温迪每讲一句都会被孩子们打断，对每一

个词和每一个细节都要穷追不舍地争论，就像他们

从来都没有听过这个故事一样。这是很正常的。卷

毛总在猜下一句会讲到什么，而尼布斯和孪生子又

总是反驳他，吵个不停。

"……他们有三个后代，可爱极了……后来娜娜

被拴在院子里，孩子们飞走了，来到永无

乡。"

图图突然打断了温迪，很认

真地问，在那群孩子中

有没有一个叫图图的孩

子。得到温迪肯定的答

95

fù hòu，tā gāo xìng de tiào qi lai　　wǒ zài gù shi li le
复后，他高兴地跳起来："我在故事里了！"

ér wēn dí de mù dì bú zài yú ràng tā men xī nào，tā xiǎng huàn qǐ yì zhǒng
而温迪的目的不在于让他们嬉闹，她想唤起一种

gǎn jué，jiù xiàng wán kǎo shì yóu xì yí yàng，tā xiǎng huí yì qǐ bà ba mā ma
感觉，就像玩考试游戏一样，她想回忆起爸爸妈妈。

kě shì，liú xià nà xiē kōng chuáng，yì tiān liǎng tiān zhí dào duō shǎo nián，dá lín
"可是，留下那些空床，一天两天直到多少年，达林

tài tai huì zěn me yàng ne
太太会怎么样呢？"

hái zi men lì kè jiǎ zhuāng bēi āi qi lai，qí shí tā men cái bú zài hu kě
孩子们立刻假装悲哀起来，其实他们才不在乎可

lián de dá lín tài tai huì zěn me yàng ne
怜的达林太太会怎么样呢。

dá lín tài tai hé dá lín xiān sheng měi tiān dōu hěn shāng xīn，tā men ràng chuāng
"达林太太和达林先生每天都很伤心，他们让窗

子日日年年地敞开着，好让孩子们在外面玩累了随时都能够飞回来！妈妈知道孩子们会想念她的爱。而孩子们呢，始终相信妈妈会等他们的，所以就放心地玩了很久。"

"我就很想念妈妈的爱！""我也是！"图图和尼布斯互相把枕头砸来砸去。

往常温迪每次要讲这个故事，彼得就很烦，尤其是讲到这里的时候。不知为什么，这次彼得没有像以前那样跑到外面去，却坐下来继续听着，尽管还是很烦。

故事最精彩的后半段要到了："……好多年后的一天，从伦敦火车站一辆列车上走下来一位漂亮温柔的姑娘，还有两位英俊的小伙子陪伴。他们是——谁——呢？是——是——图图猜对了，正是美丽的温迪小姐和约翰、迈克兄弟！"

这时孩子们的眼里总是闪着奇异的光，嘴里还要"嗷嗷"地叫起来。

"这时候温迪和约翰、迈克来到自己家楼下，果然看见窗子大开着，还能隐隐发现妈妈活动的身影。他们

激动地飞进了家，爸爸妈妈高兴还来不及，一点也没有责备他们，一家人又过着以前一样快乐的生活！"

故事讲完了，孩子们还沉浸在幸福的憧憬里，只有彼得呻吟了一声。

温迪飞快地跑过去，在彼得身上这里揉揉、那里揉揉，她以为他哪里不舒服了。但彼得是心里不舒服，他变得很激动，似乎有埋藏很久的话要一吐为快。孩子们很少看到彼得这副样子，吓坏了。

彼得喘了口气，讲起他

de gù shi lái
的故事来。

yuán lái bǐ dé shì yǒu mǔ qīn de   hěn jiǔ yǐ qián tā yě xiàng wēn dí tā men yí
原来彼得是有母亲的,很久以前他也像 温迪他们一

yàng zài wài mian wán jiǔ le xiǎng fēi hui qu   dàn dāng tā fēi huí jiā shí chuāng zi bìng
样,在外面玩久了想飞回去。但当他飞回家时,窗子并

méi yǒu dǎ kāi   zài tā yuán lái de chuáng shang yǐ jīng tǎng zhe lìng yí ge hái zi le
没有打开,在他原来的 床 上已经躺着另一个孩子了。

mā ma wàng le tā
妈妈忘了他!

ā   hái zi men quán dōu chī jīng de jiào qi lai   wǒ de mā ma huì bú huì
“啊?”孩子们全都吃惊地叫起来,“我的妈妈会不会

zhè yàng
这样?”

shì de shì de kěn dìng huì   bǐ dé fèn fèn de shuō
“是的,是的,肯定会!”彼得愤愤地说。

yuē hàn hé mài kè dà jiào huí jiā ba   wēn dí wēn róu de lǒu zhe tā men shuō
约翰和迈克大叫“回家吧”,温迪温柔地搂着他们 说:

100

"好的, 好的, 宝贝儿!"

彼得的故事让温迪突然有种害怕的感觉:"妈妈是不是以为我们死了? 她会忘了我们吗? "这个念头一闪, 立刻就坚定了温迪的决心, 她要越早走越好。

温迪飞快地收拾起行李来, 并且要彼得为他们做飞行的准备。

彼得答应着, 装得满不在乎地出去了。他要更加短促地呼吸, 因为他相信每呼吸一次, 那些大人就会死掉一个。大人们最喜欢剥夺孩子的快乐, 却用所谓的爱来拴住他们, 把一切都弄糟。

孩子们在一边瞧着温迪收拾, 有点羡慕, 因为温迪他们的样子就像要

去一个更好玩的地方，有更多好玩的事情在那里等着，而他们却去不了。嫉妒是会产生一些阴暗心理的，他们要阻止温迪，甚至想拘禁她。

突然图图拔刀冲出来，谁敢对温迪妈妈不礼貌，他就要拼命。彼得回来为温迪准备好了一切，叮叮铃会为他们带路。看来他是真的不在乎温迪离去。孩子们失望了。

看着孩子们的样子，温迪心软了，她想带他们一起走，她相信妈妈一定会欢迎的，尤其是彼得。孩子们高

xìng huài le zhēng xún le bǐ dé de yì jiàn hòu mǎ shàng jiù shōu shi hǎo le xíng li měi
兴坏了,征询了彼得的意见后,马上就收拾好了行李,每

rén yòng mù gùn tiāo zhe yí ge bāo fu
人用木棍挑着一个包袱。

bǐ dé wèi le biǎo shì zì jǐ de bú zài hu zhuāng zhe měi zī zī de zài wū li
彼得为了表示自己的不在乎,装着美滋滋地在屋里

chuī qǐ le dí zi wēn dí kàn zhe bǐ dé chàn dǒu zhe yào tā shōu shi zì jǐ de xíng
吹起了笛子。温迪看着彼得,颤抖着要他收拾自己的行

li què bèi tā gāo ào de jù jué le yīn wèi tā zǎo yǐ bǎ mǔ qīn kàn tòu tā men
李,却被他高傲地拒绝了,因为他早已把母亲看透,她们

yǐ wéi hái zi dōu yào zhǎng dà dàn tā jiù shì yào yǒng yuǎn zuò ge xiǎo hái
以为孩子都要长大,但他就是要永远做个小孩。

bǐ dé de jù jué shǐ hái zi men hěn nán guò zhè yì wèi zhe fēn bié ér lí bié
彼得的拒绝使孩子们很难过,这意味着分别,而离别

shì zuì ràng rén shāng xīn de yóu qí shì hé yǒng wú xiāng de duì zhǎng shuō zài jiàn
是最让人伤心的,尤其是和永无乡的队长 说"再见"。

yì zhí píng jìng de dì miàn shang tū rán chuán lái nà hǎn shēng hé bīng qì xiāng
一直平静的地面 上突然传来呐喊声和兵器相

zhuàng shēng xīng fèn de hái zi men dāi zhù le
撞 声。兴奋的孩子们呆住了!

103

海盗的奇袭

yìn dì ān rén jiù xiàng zhōng shí de nú pú yí yàng shǒu wèi zhe bǐ dé de jiā
印第安人就像 忠实的奴仆一样 守卫着彼得的家。

tā men de gǎn jué wú bǐ líng mǐn hǎi dào men nǎ pà qīngqīng cǎi dòng yì gēn kū zhī yìn
他们的感觉无比灵敏,海盗们哪怕轻轻踩动一根枯枝,印

dì ān rén jiù huì lì kè tóu rù zhàn dòu
第安人就会立刻投入战斗。

dàn zhè ge shēn yè jiù zài wēn dí tā menmáng zhe shōu shi xíng li shí hú kè
但这个深夜,就在温迪他们忙着收拾行李时,胡克

yǐ lián shǒu xià dōu nán yǐ lǐ jiě de jiāo zào hé pò bù jí dài rào guò nà
以连手下都难以理解的焦躁和迫不及待绕过那

zuò tǔ qiū ér xiàng háo wú fáng bèi de yìn dì ān rén fā dòng le xí jī
座土丘,而向毫无防备的印第安人发动了袭击。

tā yǐ jīng děng bu jí áo dào tiān liàng le
他已经等不及熬到天亮了。

děng yìn dì ān rén fā chū láng háo bān de jǐng bào shí hǎi dào yǐ lái dào tā men
等印第安人发出狼嚎般的警报时，海盗已来到他们

de yíng dì hǔ lián shēn biān jù jí le shí èr míng xiāo yǒng de wǔ shì fā chū jīng tiān
的营地。虎莲身边聚集了十二名骁勇的武士，发出惊天

dòng de de hǎn zhàn shēng
动地的喊战声。

dàn wéi shí yǐ wǎn yìn dì ān yǒng shì fù bèi shòu dí yí gè ge yīng yǒng dǎo
但为时已晚，印第安勇士腹背受敌，一个个英勇倒

地。虎莲和剩余部队冲出包围，暂时避让。

应该说胡克的奇袭基本成功，但他的任务还没有最终完成，那就是彼得和他的孩子们。海盗们始终不明白，一个小小的彼得何以让强大的海盗头子如此恨之入骨。以他们的智商，是难以理解彼得脸上那种纯净的傲气对胡克的深深刺激的，这种刺激扰得原本在海上使人闻风丧胆的胡克日日难安。他随时准备用棍子把

shǒu xià tǒng jìn shù dòng　jiū chū bǐ dé
手下捅进树洞，揪出彼得。

dì xià de hái zi men yì zhí zài jìng tīng shàng miàn de dòng jing　dāng zhàn dòu zhōng
地下的孩子们一直在静听上 面的动 静，当战斗终

yú píng xī shí　tā men liǎn sè cái huǎn hé xia lai　kě shì shéi yíng le ne　zhè
于平息时，他们脸色才缓和下来。"可是谁赢了呢"？这

shì ge guān jiàn wèn ti　bǐ dé xiǎng le yí huìr　wèi shén me méi yǒu tīng dào yìn dì
是个关键问题，彼得想了一会儿，为什么没有听到印第

ān rén de zhàn gǔ shēng ne　nán dào……
安人的战鼓声呢？难道……

cǐ shí yìn dì ān rén yì dǎ shèng zhàng jiù huì qiāo xiǎng de zhàn gǔ zhèng zuò zài
此时印第安人一打胜 仗就会敲 响的战鼓正坐在

sī mì de pì gu dǐ xia　dàn hú kè chōng tā zuò le ge shǒu shì　zài jiǎo huá de
斯密的屁股底下，但胡克冲他做了个手势。在狡猾的

xīn jì fāng miàn zài méi yǒu rén bǐ de guò hú kè le　sī mì duì cǐ pèi fú de wǔ
心计方 面再没有人比得过胡克了，斯密对此佩服得五

tǐ tóu dì　tā lǐng huì le hú kè de yì si　xīng fèn de qiāo qǐ le yìn dì ān rén
体投地。他领会了胡克的意思，兴奋地敲起了印第安人

de zhàn gǔ
的战鼓。

　　hái zi men gāo xìng de jiào qi lai　zhēng xiān kǒng hòu de pá chū shù dòng　tā men
　　孩子们高兴地叫起来，争先恐后地爬出树洞。他们

yǒng yuǎn yě bú huì xiǎng dào　děng zài dì miàn shang de bú shì yǒng gǎn xùn fú de yìn dì
永远也不会想到，等在地面上的不是勇敢驯服的印第

ān rén　ér shì xiōng shén è shà de hǎi dào
安人，而是凶神恶煞的海盗！

　　dì yī ge jí qiè de chōng chu lai de shì juǎn máo　tā yì chū lai　jiù xiàng
　　第一个急切地冲出来的是卷毛。他一出来，就像

chuán dì bāo fu yí yàng bèi qiè kē　sī mì　sī tǎ qí　jiū kè sī děng rén chuán dào
传递包袱一样被切科、斯密、斯塔奇、鸠克斯等人传到

le hú kè de jiǎo xià　jiē zhe jiù shì tú tú　luán shēng zǐ　sī lái tè lì
了胡克的脚下。接着就是图图、孪生子、斯莱特利……

zuì hòu yí ge chū lái de shì wēn dí　yīn wèi shì nǚ shì　hú kè jí yǒu fēng dù de
最后一个出来的是温迪。因为是女士，胡克极有风度地

yòng gē bo wǎn qǐ le tā de shǒu yǐn dào kě lián de hái zi men nà lǐ
用胳膊挽起了她的手，引到可怜的孩子们那里。

hǎi dào men bǎ tā men kǔn chéng yì tuán dàn zài kǔn sī lái tè lì shí yù dào
海盗们把他们捆成一团。但在捆斯莱特利时遇到

le kùn nan wú lùn zěn yàng shéng zi dōu méi néng dǎ shàng jié tā tài dà le nà shì
了困难，无论怎样绳子都没能打上结，他太大了。那是

yīn wèi yǒu yí cì hē shuǐ zhàng dà le dù zi tā bú yuàn yì zì jǐ suō xiǎo yǐ shì yìng
因为有一次喝水胀大了肚子，他不愿意自己缩小以适应

shù dòng ér shì qiāo qiāo kuò dà le shù dòng hú kè fā xiàn le zhè ge mì mì sī
树洞，而是悄悄扩大了树洞。胡克发现了这个秘密。斯

lái tè lì ào huǐ de hàn rú yǔ xià bǐ dé yǒu wēi xiǎn le
莱特利懊悔得汗如雨下："彼得有危险了！"

hú kè lái dào sī lái tè lì de shù
胡克来到斯莱特利的树

dòng qián jiǔ jiǔ méi yǒu xíng
洞前，久久没有行

dòng nà ge hái zi huì
动。"那个孩子，会

不会躲在下面的树根里，拿着刀等待这个时刻？"他脱下帽子和外套，让夜风吹干额上的冷汗。

"必须下去才知道！"胡克是个勇敢的人，否则也不会做上海盗头子。他终于下定决心，踏进了树洞。屋内的那张大床上躺着熟睡的彼得。

彼得毫无顾忌地睡着了，一点也不知道孩子们的悲惨经历。

胡克就着昏黄的灯光想跨进屋去，但够不着下面的门闩。他的眼睛开始发红，那是仇恨和急躁导致的。

忽然，他发现了靠在门边的杯子。胡克狂躁的心又稍稍平静了一些，甚至有些惊喜了。他从怀里缓缓掏出一样东西——一瓶自制的毒药，毒性恐怕是世界上最强的，然后在彼得的杯子里滴下五滴。然后他费力地蠕动着身子爬到了地面。

一阵有礼貌的敲门声从彼得那棵树上传来。彼得突然坐起来，脑子还不怎么清醒，但他听到了。进来的是叮叮铃。叮叮铃用一段长得没有任何停顿的句子讲述了事情的经过。

"可怜的温迪！"彼得心中一下子充满激愤，他要立刻拿上武器去救他们，临行前还要做一件让温迪高兴的事情——喝药。

彼得拿起了杯子。叮叮铃突然尖叫："有毒！"

彼得疑惑地望着她，怎么可能呢？叮叮铃坚持说她回来时听到了胡克的嘀咕。彼得认为叮叮铃一向不喜欢让温迪高兴，这次也一样。

叮叮铃尖叫着抗议。就在彼得准备一饮而尽的千

jūn yí fà zhī jì, dīng dīng líng chōng dào bēi zi qián qiǎng xiān hē xià le tā
钧一发之际,叮叮铃 冲 到杯子前抢 先喝下了它。

bǐ dé shēng qì le。 dàn tā hái méi lái de jí zhēn zhèng de shēng qì, dīng dīng
彼得生气了。但他还没来得及真 正地生气,叮叮

líng yǐ jīng yǒu xiē dōng dǎo xī wāi, jiù yào cóng kōng zhōng diào xia lai le:"yǒu dú!
铃已经有些东倒西歪,就要从 空 中 掉下来了:"有毒!

wǒ yào sǐ le!"
我要死了!"

"nǐ shì yào jiù wǒ cái zhè yàng de ma? nǐ wèi shén me yào jiù wǒ?" bǐ
"你是要救我才这样的吗? 你为什么要救我?" 彼

dé dì yī cì shuō huà dài zhe kū qiāng
得第一次说话带着哭腔。

dīng dīng líng qīn nì de nǔ lì zài bǐ dé xià bā shang dīng le yì kǒu:"zhè hái
叮叮铃亲昵地努力在彼得下巴上叮了一口:"这还

yòng shuō ma?" tā yǐ xū ruò de zài yě fēi bú dòng le, yì tóu chōng jìn zì jǐ de
用说吗?"她已虚弱得再也飞不动了,一头冲进自己的

fáng jiān, tǎng dǎo zài chuáng shang
房间,躺倒在床 上。

"dīng dīng líng, dīng dīng líng! nǐ bù néng sǐ!" bǐ dé zhōng yú kū chu lai
"叮叮铃,叮叮铃! 你不能死!"彼得终 于哭出来。

他把脑袋伸到她的床边，几乎占据了整个小屋。

彼得的眼泪在叮叮铃的手臂上滚动，她很满足，他第一次流泪就是为了她呀！她的嘴轻轻动了几下，似乎想说什么。

彼得听出来了，只要世界上还有小孩子说他们相信仙人，叮叮铃就有救。那些在梦中来到过永无乡的孩子其实每天晚上都与彼得离得很近，他常常看见他们在岛上玩耍。

114

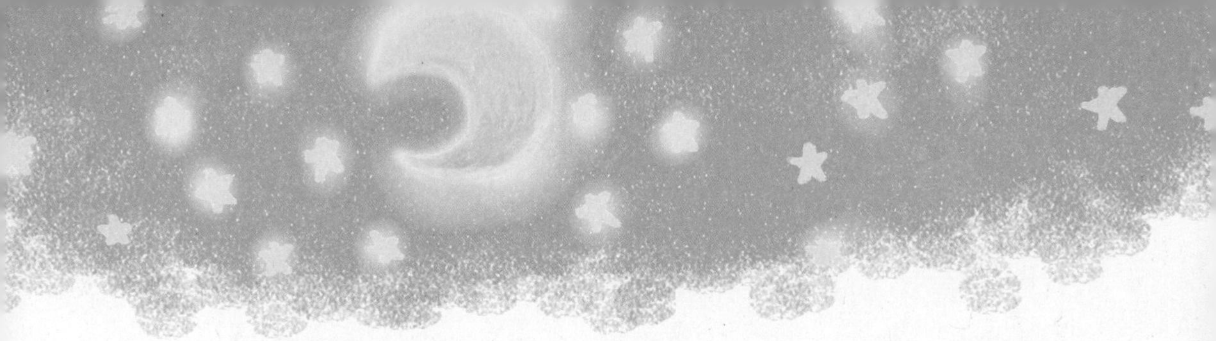

bǐ dé bǎ nǎo dai shēn chu lai liú zhe lèi chòng zhe kōng zhōng dà shēng hǎn dào
彼得把脑袋伸出来，流着泪冲着空中大声喊道：

nǐ men xiāng xìn yǒu xiān rén ma
“你们相信有仙人吗？”

kōng zhōng yǒu yì xiē shēng xiǎng dàn hái bù néng què dìng tā men de dá fù shì kěn dìng hái shì fǒu dìng
空中有一些声响，但还不能确定他们的答复是肯定还是否定。

rú guǒ nǐ men xiāng xìn jiù pāi shǒu dīng dīng líng kuài sǐ le jiù jiu tā bǐ dé jì xù hǎn dào tā yǐ yǒu diǎn qì bù chéng shēng
“如果你们相信，就拍手！叮叮铃快死了，救救她！”彼得继续喊道，他已有点泣不成声。

hǎo duō hái zi pāi zhe shǒu dàn yě yǒu yì xiē méi xīn méi fèi de hái zi fā chū le xū shēng pāi shǒu shēng hěn kuài tíng zhǐ le yě xǔ shì mǔ qīn men pǎo dào hái zi fáng jiān kàn kan fā shēng le shén me shì
好多孩子拍着手，但也有一些没心没肺的孩子发出了嘘声。拍手声很快停止了，也许是母亲们跑到孩子房间看看发生了什么事。

bú guò zhǐ yào yǒu pāi shǒu shēng dīng dīng líng jiù dé jiù
不过只要有拍手声叮叮铃就得救

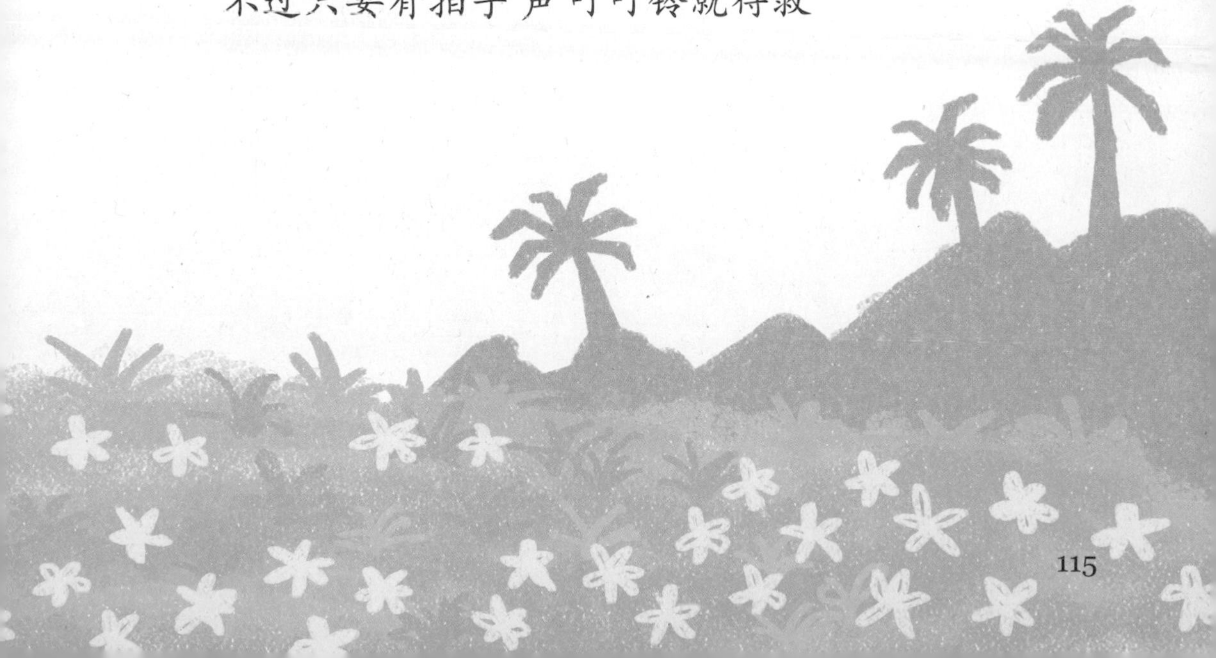

了。她比以前更加快乐和精力充沛。

彼得来到地面，开始搜寻孩子们可能故意扔下的一些记号。在永无岛，机灵地应付危急关头是每个孩子必须学会的本领。但现在是黑夜，找寻记号还是相对困难一些，而彼得已经等不到天明了，他要马上和胡克拼个你死我活。

突然，彼得看见了胡克的海盗船。

彼得冷静地思考着战斗的方式。彼得不知怎么想起了鳄鱼："怪了，为什么没有听到滴答声？一定是鳄鱼肚子里的发条走完了。"他眼睛一亮，计上心来。

孩子们成了囚徒

此刻胡克正站在船头,他应该得意了,按计划彼得被毒死了,孩子们以及他们的母亲温迪都被抓到船上。

可怜的孩子们锁着链子,连成一串给拉了出来,站到懒洋洋抽着雪茄的胡克面前。当然这中间,温迪总是要特殊对待的。

117

胡克准备留下两个孩子当差,其余的走上跳板,那自然是死路一条,他尤其高兴的是要看到孩子们和温迪告别的情景。

不过孩子们天生的顽皮吵闹始终是他难以预料的。图图站出来,要求留下来当差,但马上又提出母亲不愿意他当海盗。斯莱特利和孪生子都吵嚷起来,同意图图的意见。接着约翰说如果当海盗就要叫红手杰克的名字,迈克会叫黑胡子乔,但他们都不愿意背叛国王。孩子们就像通常玩游戏一样七嘴八舌,兴许当海

盗还是比较好玩的。

吵嚷声让海盗们暴怒，胡克想起了最狠毒的一招，那就是要让温迪亲眼看到孩子们走上跳板。温迪轻蔑地走上甲板，如此肮脏的破船都不值得她来评价。温迪的样子让胡克暴跳如雷，这是因为远没有出现他意想中哭哭啼啼的情况。

温迪怜爱地看着孩子们，用一种庄严的语调向他

们传达了真正母亲的意愿，那就是：即使死，也要像一个英国绅士那样有风度。

温迪的话让孩子们个个呈现出高贵伟大的神情，他们就像真正的英雄一样挺立着，大声重复温迪的话："像英国绅士一样！"

胡克气疯了，下令将温迪捆在桅杆上。

滴答，滴答，滴答，一个声音由远而近。

孩子们惊奇地睁大了眼，但那不是对发出滴答声的鳄鱼的惊恐，而是看见胡克正软软地瘫倒在了甲板上。他脸如死灰地迅速爬到离那个声音最远的船舷边，然后颤抖着低声命令把他围在中间。海盗们立刻围成一圈，但都扭头不敢看即将爬上来的鳄鱼。也许这就是命啊！

滴答声终于爬上了船，但最神奇的在于，上天派来救他们的不是鳄鱼，而是彼得！

孩子们的惊喜实在难以用语言描述，彼得做了个安静的手势。一场更加激烈的战斗就要开始了！

最后的战斗

不错，正是彼得发出的滴答声。他一路学得很高兴，爬上了船嘴里还没有停止。这虽然没有暴露什么，但却真的把那只鳄鱼引来了。也许正是滴答声伴随了鳄鱼这么多日子，突然的失去让它痛苦得心都碎了，而彼得的声音恰恰让它找到了失去的东西。

海盗们躲避着这声音。舵手爱德华·坦特并不知道船上的事，他钻出前舱，还未看清眼前的情景，彼得一刀砍下去，又狠又准。约翰立刻上前捂住坦特的嘴，防止他发出最后的呻吟。孩子们揪住他的身子，一用力就掀进了大海。

"一个啦!"斯莱特利低声 说道。而彼得已经一溜
烟闪进了船 舱。

有几个海盗 睁 开眼斗胆四处瞧了瞧:"没有声音
了! 它走了,船 长! "

胡克的脸稍 稍恢复了一点血色,他站起
来挺直了身子。孩子们看着
他,脸上残留着笑
意。胡克恨不
得立刻把他们
扔进大海。

"该你们走跳板了！对了，你们还没有尝九尾鞭的滋味呢！鸠克斯，到船舱拿鞭子！"

胡克狞笑着，看见孩子们害怕地跪倒在地，心里很受用，总算挽回一点面子了。海盗们齐声唱起恐怖的海盗歌，但最后一句还没唱完，就听见一声惨叫，然后传来快乐的啼叫声。

"两个啦！"

斯莱特利严肃地数着。

"怎么回事？你这蠢货！切科，下去看看！"胡克咆哮着。

但切科还未走到里面就发出一声尖叫，他跑出来哆嗦成一团："鸠克斯，他……他被砍死了！"

海盗们大惊失色，胡克也慌起来："切科，里面有什么东西？下去把它抓上来！"

切科拼命摇头，而胡克用铁钩逼着他进了船舱。自然又是一声惨叫和一声啼叫。

"三个啦！"四周安静极了，只有斯莱特利的声音。

胡克挥舞着铁钩，狂暴地走来走去。他逼视着可怜的海盗们："谁？谁下去把它抓上来？斯塔奇，你觉得怎么样？"

^{dǎo méi de sī tǎ qí bù bù hòu tuì} ^{yì zhí dào chuán xián} ^{tā jué wàng de háo}
倒霉的斯塔奇步步后退,一直到船舷,他绝望地号

^{jiào zhe} ^{fān shēn zāi jìn le dà hǎi}
叫着,翻身栽进了大海。

^{sì ge la} ^{yǒu jǐ ge hái zi yì qǐ jiào dào}
"四个啦!"有几个孩子一起叫道。

^{hú kè qīng miè de ná qǐ dēng} ^{quán shì dǎn xiǎo guǐ} ^{wǒ yào zì jǐ xià qu kàn}
胡克轻蔑地拿起灯:"全是胆小鬼!我要自己下去看

^{kan} ^{hǎi dào men miàn miàn xiāng qù} ^{hú kè zǒu jìn chuán cāng} ^{dàn hěn kuài jiù shī}
看!"海盗们面面相觑。胡克走进船舱,但很快就失

^{hún luò pò de pǎo chu lai}
魂落魄地跑出来:

^{wǒ de dēng} ^{wǒ de dēng bèi tā chuī miè le}
"我的灯……我的灯被它吹灭了!"

^{yí dìng shì yǒu ge guài dōng xi dào wǒ men chuán shang lái le}
"一定是有个怪东西到我们船上来了!"

126

恐惧席卷了海盗船，各种怀疑纷纷产生。只有孩子们知道是怎么回事，他们努力憋住不让自己笑出声来。

胡克扭头看见了被笑憋得怪模怪样的孩子们，这次他没有生气，而是狞笑了一声："把他们押到船舱，让他们和怪物搏斗！"

孩子们假装拼命挣扎，死也不去船舱，以至于都差点装过了头。而一到船舱，孩子们就和彼得拥抱在一起。他已在船舱找到镣铐的钥匙，孩子们解除束缚后，各自找到一样武器把自己装备起来。彼得又悄悄溜去割了温迪身上的绳子。现在一切就绪，孩子们可以轻松地逃出去了。

但彼得记起了自己的誓言："和胡克拼个你死我活！"他安排孩子们藏在暗处，而自己披上温迪的衣服，装作捆在桅杆上，然后长啼一声。

海盗们似乎恍然大悟，他们朝披着外衣的人跑过

<ruby>去<rt></rt></ruby>。但很快<ruby>胡<rt>hú</rt></ruby>

克就悲哀地看到，那

不是温迪，而是彼得·潘！

彼得发出了进攻的命令，孩子们

应和着跑出船舱。一场恶战开始了！海盗们挥

舞着武器四处乱杀，显得毫无章法，这种信心全失同时

又没有防备的搏斗让他们节节败退。孩子们则高声呐

喊着，士气正旺。斯莱特利拿着灯照来照去，用光逼

视海盗们的脸，弄得他们睁不开眼睛，别的孩子趁机出

128

击，正好速战速
决，敌人迅速倒地。

"五个啦……六个啦……十一
个啦！"斯莱特利扒着地担负着数
数的任务。当所有的孩子都围到胡克身
边时，那表明他的手下已全被杀死，只剩他一个
了。不过胡克的铁钩总能使他周围形成一个"死亡地
带"，孩子们围上来，瞬间又都退下去，像面对一个难对
付的刺猬。

这时一个孩子英武地走过来，走进了"死亡地带"，孩子们退下去把他和胡克围在中间。他就是彼得，来实现自己的誓言了！

彼得剑法精到，让人眼花缭乱，但其弱势就在于身小臂短，必须尽快找出敌人的破绽，给他个出其不意。胡克虽然高大，剑法也不错，但无奈对手太灵巧，而屡刺不中。在剑法不奏效的情况下，胡克改用铁钩攻击。正在这时，彼得瞧出了破绽，躲过铁钩，猛刺一剑，胡克的武器应声落地。

"刺中了！胡克流血了！"孩子们高呼。

彼得是完全可以乘胜追击的，而且对待敌人也没

必要太多同情。但现在彼得再一次表现出了无与伦比的

良好风度，他示意敌人拾起自己的剑，重新开始。

胡克捡起了剑，但脸上现出极为痛苦

的表情，这是因为一个孩子表现出

了比他更好的风度。他

忍不住想知道

彼得到底

是谁，和他有什么不同？而彼得高傲地回答，他是快乐，是小鸟！

胡克彻底绝望了。他失魂落魄地站在那里，不知道该干什么。当彼得举着剑飞向他的时候，他坚守住了海盗的最后原则：站在船舷上，从容地跳进大海，当然，也是跳进了那只追随彼得的滴答声而来的鳄鱼的嘴里！

"十七个啦！"斯莱特利叫起来。但实际上有两个海盗逃到了岸上，斯塔奇被印第安人抓到，被迫当上印第安婴儿的保姆，而斯密则到处流浪。

温迪在一旁心惊胆战地目睹了战斗的整个过程，

而只恨自己没有能耐参加战斗。现在一切都结束了，孩子们欢呼雀跃地向她报道自己的战绩，她高兴地把每个人都大大夸奖了一番。剩下的事情就是，时间太晚了，早该睡觉啦！温迪为孩子们耽误得太晚而忧虑，不过事情总是情有可原的。

彼得没有到温迪安排的地方睡觉，最后却倒在甲板上睡着了。他做了很多梦，而且一直在梦中哭泣。

回家了，回家了

该来看看可怜的达林先生和达林太太怎么样了。

孩子们的房间还和以前一样，三张小床铺着干干净净的被褥，窗户每天都大开着，就像孩子们昨天还在房间里一样。达林太太每天都要在这间育儿室待很久，每当她推开房门，心里都提前装上了十二分的惊喜，

134

那是为突然看到孩子们回家而预备的。但每次都一样，里面空空的。

自从消灭了全部的海盗，那艘船自然归孩子们掌管，他们决定坐船到亚速尔群岛，这样就又省时又省力了。彼得掌舵，把孩子们收编为水手。他尽量学着粗人说话，制定船上纪律，以确立自己的权威。孩子们粗声地欢呼着，表示俯首帖耳。这是又一场分配角色的好玩游戏，不过内部总有些分歧，有些人愿意当好

船员，有些人想当海盗。但最终下决定的只有彼得，手下们必须绝对服从，他含着胡克的烟斗，穿着被温迪改过的海盗衣，稍有不从者，就得接受惩罚。

现在船顺利到达目的地，孩子们开始飞行了。

这一天却是个不寻常的日子。达林先生下班回来，把帽子交给女佣莉莎，外面跟来欢呼的人群，他无比感动地叹了口气。莉莎不屑地叫道："那不过是一群孩子！"而达林先生坚持说里面还有好几个大人。但以莉莎的情感，她是无论如何也难以理解这些做法的。

达林太太坐在椅子上刚刚做了一个梦，使她突然

跳起来，大声呼唤着孩子们的名字。但什么也没有，只
有娜娜卧在脚边。她憔悴的脸上又布满了愁容，娜娜不
知道怎样安慰她才好，只有把前爪轻轻搁在她的膝盖
上，用眼神抚慰着女主人。

达林先生进来，他吻了吻妻子，神情很温和。"关
上窗吧，亲爱的，好像有点风。"达林先生打着哈欠，
但还没说完就立刻要
请求达林太太的原谅，
因为那是一扇永远不
能关的窗子，就像期
待的心灵一样永远等
着孩子们归来。

达林太太忧伤地
弹着钢琴，她不知道，彼

得和叮叮铃就在这

时飞进了屋子。他们总

是比别的孩子们飞得快，而更

重要的是，彼得有一个小小的诡计要实

行，这也正是他杀死海盗后没有独自飞回永无乡

的原因。

他在屋里盘旋了一周，然后命令叮叮铃关上 窗

子："哈哈，我要让温迪发现她妈妈早就忘记他们了，这

样她才能失望，又会跟我回去了！"

彼得发现了弹琴的达林太太，看到她脸上不断滚落

的泪珠，很是同情，但谁让他们都爱温迪呢？温迪只能

属于一边，彼得是不会放弃的。

琴声停止了，达林太太把头靠在琴上，美丽的脸庞

138

由于悲伤都有些苍白了，她的眼神一直在说："回来吧，温迪，温迪！"彼得很快用一种坚定的信心掩盖住内心里那一丝犹豫，他要坚持不开窗，温迪是属于他的。但达林太太的眼睛就是不肯罢休，还在不停地呼唤，看着实在让人心碎。

"好吧好吧。"彼得愤愤地说，打开了窗子，和叮叮铃轻蔑地飞出去了，他才不要这些傻母亲呢！

温迪、约翰和迈克终于飞到了。当然，他们畅通无阻地飞进了屋子，并不知道刚才的事情，而且他们连想都没想到过窗子可能会关着，或者妈妈到乡下度假去了之类，一切自然得就像什么也没发生过一样。

但孩子是没心没肺的，最小的迈克甚至都忘记了这个家。他看看四周，似曾相识，温迪指给他看曾经睡过的小床，他都还糊里糊涂。

这时琴声又响起来，迈克惊奇地说："温迪，你不是我们的母亲了，我也不是你的小婴儿了吗？"他们想立刻跑过去相见，但温迪想到了一个更好的主意：跑到床上躺好，就像原来一样。

达林太太走进孩子们房间，像往常一样查看，但孩子们并没有听到预想中的惊叫。达林太太走到床边，一个个抚摸他们的脸庞，拥抱他们："这是温迪、约翰，迈克也在。"可怜的母亲，在每天的梦中她就是这样做的。她以为自己抱的其实是一个虚空，没想到真是孩子们的小身体啊！

mài kè zhōng yú xiǎng qǐ le mā ma   dì yī ge jiào qi lai
迈克终于想起了妈妈，第一个叫起来。

dá lín tài tai yí xià zi cóng mèng zhōng xǐng lái   lèi rú quányǒng   jǐn jǐn de
达林太太一下子从梦中醒来，泪如泉涌，紧紧地

bào zhù le hái zi men   rán hòu dá lín xiānsheng   nà na fēi bēn jìn wū   lì shā yě
抱住了孩子们。然后达林先生、娜娜飞奔进屋，莉莎也

xīn xǐ de pǎo jin lai   yì jiā rén   kuài lè de yì jiā rén jiào zhe   xiào zhe   zhēn shì
欣喜地跑进来。一家人，快乐的一家人叫着、笑着，真是

měi miào jí le
美妙极了！

bǐ dé cóng chuāng wài kàn zhe tuán jù de yì jiā rén   xīn lǐ yǒu shuō bù chū de
彼得从窗外看着团聚的一家人，心里有说不出的

zī wèi   tā céng jīng lì de ràng rén xiàn mù de kuài lè hěn duō   ér zhè yì cì kuài lè
滋味。他曾经历的让人羡慕的快乐很多，而这一次快乐

què yǒng yuǎn yǔ tā wú guān
却永远与他无关。

孩子们长大了

其余的孩子们已经等在楼下，他们决定从楼梯走，给温迪父母留下好印象。于是，当他们还穿着海盗衣服，披着一身尘土在达林太太跟前一字排开时，她发出了热情的邀请。本来孩子们恳求的眼神也应该望着达

林先生的,但他们忘了这些礼节。达林先生很不高兴,孪生子比较敏感,他们高傲地说,如果是因为人太多了,他们可以走开。

"爸爸!"温迪叫了起来。

"你是怎么了,亲爱的乔治?"达林太太也很激动,主人怎么可以表现得这样没有风度?

达林先生突然哭起来:"我是很高兴的,可是……可是,你们也该询问我的意见啦!难道我在家里是一个可有可无的人吗?"

"孩子们松了一口气，纷纷叫嚷着，说达林先生很重要。"达林先生高兴地满屋跳舞。

"啊，真是好极了，先生！"孩子们保证说，即使是一些角落，但只要假想那是客厅就行了。彼得就要飞回去了，温迪极力挽留，达林太太跑到窗前，殷切地表示想收留他。

"但是，你会送我上学吗？我很快就会长大，会有胡子吗？我以后要每天去坐办公室吗？"彼得怀疑地问。

"当然，亲爱的。难道这有什么不好吗？"达林太太很奇怪。

但彼得是不愿意的，他要永远做个小孩子，在永无乡和仙人们住在一起，每天都有婴儿诞生，也就会不停地有仙人存在，还有无数的冒险故事。温迪有些羡慕，禁不住恳求地望着妈妈，达林太太抓紧了她："宝贝儿，你也需要母亲哪！"她绝不能再失去他们了。

彼得装作不屑地扭过头，但达林太太看得出来，他很难过。

"好吧，亲爱的，每年春天就让温迪去帮你做大扫除吧，你们可以玩一个礼拜！"她慷慨地许诺。彼得满意

了,但温迪真正担心的倒是:"你不会忘了我吧,在春天到来之前?"

于是,每年的春天彼得就要飞过来接温迪,当然偶尔也会漏掉一两年,因为他没有时间概念,而且很忙,有无数的冒险在等着他。他早忘了胡克。叮叮铃不在了,换成了别的仙女。每次温迪听来的故事都足够孩子们享用一年了。

孩子们对长大、不长大是没有什么特别感受的,如果每天都有新鲜的事情等着他们,那长大也没什么不好呀。他们无一例外地被送到了学校,安插在不同的班级。虽然不到一星期他们就后悔起来,但很快也就顺其自然了。

他们慢慢地长大,也

146

渐渐失去了飞的本领。开始以为是缺少练习，但温迪知道，那是因为他们长大了，对过去的事情、对彼得、对永无乡产生了怀疑。就在一年春天温迪站在窗前期盼彼得时，迈克害怕地说："该不会没有彼得这个人吧？"而他还算是相信得最久的了。

又过了一些年，男孩子们都长大了，他们工作繁忙，每天提着公文包和雨伞急匆匆地奔向办公室。迈克是火车司机，斯莱特利当上了勋爵，而图图，则做了法官。总之，他们长大了，再也没有做过永无乡的梦了。

147

彼得后来好久没有来过，似乎已经忙得忘了这些孩子们。等他再来的时候，温迪已经有了一个小女儿，叫简。现在这个可爱的小女儿就和温迪小时候一样，做着永无乡的梦，对妈妈过去的事情比谁都清楚。她常常问温迪，飞是怎么一回事，为什么妈妈不能飞了。温迪总是伤感地说：

"只有快乐的、没心没肺的孩子才能学会飞，可我长大了！"

彼得又见到温迪时是在一天晚上，他不知道自己其

实已经漏掉了很多年。那晚温迪穿着白色的裙子，就像当年彼得来时穿

de shuì yī yí yàng tā jìn lì suō xiǎo shēn zi hǎo ràng bǐ dé kàn bù chū lái
的睡衣一样。她尽力缩小身子，好让彼得看不出来。

dàn chuáng shàng tǎng zhe de bú zài shì yuē hàn huò mài kè ér shì jiǎn zhè mán bú
但床上躺着的不再是约翰或迈克，而是简，这瞒不

guò bǐ dé de dāng tā jīng yà de fā xiàn wēn dí jū rán zhǎng chéng le yí ge dà
过彼得的。当他惊讶地发现温迪居然长成了一个大

rén shí nà zhǒng xīn qíng zhēn shì zhèn jīng hé qì fèn jí le nǐ shuō guo bù zhǎng
人时，那种心情真是震惊和气愤极了："你说过不长

dà de
大的！"

méi bàn fǎ bǐ dé wǒ yǐ jīng jié hūn yǒu nǚ ér le
"没办法，彼得。我已经结婚有女儿了！"

bǐ dé zhuǎn nù wéi xǐ dàn bù zhī zěn me yòu zuò dào dì bǎn shang kū qi lai
彼得转怒为喜，但不知怎么又坐到地板上哭起来。

kū shēng jīng xǐng le jiǎn yú shì yí qiè dōu chóng fù zhe duō nián yǐ qián de qíng jǐng
哭声惊醒了简，于是，一切都重复着多年以前的情景，

jiǎn xué huì le fēi
简学会了飞。

tā tài xū yào yí ge mǔ qīn le mā ma jiǎn rèn zhēn de shuō
"他太需要一个母亲了，妈妈！"简认真地说。

wǒ zhī dào wǒ bǐ shéi dōu qīng chu wēn dí zhī dào jiāng yào fā shēng shén me le
"我知道，我比谁都清楚！"温迪知道将要发生什么了。

bǐ dé dài zhe jiǎn fēi jìn yè kōng tā men de shēn yǐng jiàn jiàn xiǎo de xiàng xīng
彼得带着简飞进夜空。他们的身影渐渐小得像星

xīng yí yàng jiǎn huí tóu hǎn dào tā zhǐ shì qù zuò chūn jì dà sǎo chú bà le
星一样。简回头喊道，她只是去做春季大扫除罢了！

rán hòu yòu shì ruò gān nián guò qu le xiàn zài bǐ dé dài zǒu de shì jiǎn de nǚ ér
然后又是若干年过去了，现在彼得带走的是简的女儿

mǎ gé lì tè zài hòu lái shì mǎ gé lì tè de nǚ ér zuò le bǐ dé de xiǎo mǔ qīn
玛格丽特，再后来，是玛格丽特的女儿做了彼得的小母亲。

jiù zhè yàng zhōu ér fù shǐ yīn wèi hái zi shì yǒng yuǎn cún zài de kuài lè de
就这样，周而复始，因为孩子是永远存在的，快乐的！

150